LE LIVRE D'IMAGES

Susannah   Keating

LE LIVRE D'IMAGES

Traduction de Danièle Darneau

Roman

PRESSES
DE LA CITÉ

Titre original : *The Picture Book*

© Susannah Keating, 2000
© Presses de la Cité, 2001, pour la traduction française
ISBN 2-258-05429-X

1

Le message téléphonique qu'elle reçut ce matin-là frappa Graziella de plein fouet. Lorsque Mona, sa collègue, s'approcha d'elle avec une drôle d'expression sur le visage, elle ne la remarqua même pas. Elle était bien trop occupée à surveiller son couple d'Allemands du coin de l'œil, tout en s'évertuant à jouer les indifférentes.

C'était la troisième fois qu'elle voyait entrer ces clients potentiels dans la galerie. A chaque fois, ils tournaient autour du même tableau. Holly Ardath, la propriétaire de la galerie, prétendait que la troisième visite d'un client était la bonne : ou ça passait, ou ça cassait.

— S'ils reviennent une deuxième fois, lui avait dit cette dernière, ça ne veut pas dire grand-chose. Mais si c'est leur troisième passage, c'est que la femme a réussi à convaincre son mari, et l'affaire est dans le sac. Ceux qui reviennent encore après, ce sont les maniaques, les gens un peu dérangés... ou alors, ceux qui n'ont pas les moyens de payer, et ça, ça peut arriver, malheureusement !

— D'accord, et moi, que dois-je faire, dans ce cas-là ? avait demandé Graziella.

Holly lui avait adressé un sourire mystérieux.

— Surtout, ne pas leur forcer la main. Tu les

laisses bien gentiment décider tout seuls de dépenser cinquante mille dollars. Tu prends l'air détaché, comme si tu avais mieux à faire.

A en croire leur discussion animée, les deux Allemands ne paraissaient pas encore tout à fait prêts à se débarrasser de leur argent. Graziella suivit le conseil de Holly et s'éloigna en faisant mine d'examiner quelque détail nouveau dans le décor de la galerie. Elle restait cependant sur le pied de guerre pour guetter le moindre signe annonçant un déblocage de la situation. Ce signe pouvait être émis de plusieurs façons : par exemple, par un mouvement subtil du menton chez la femme ou par une manifestation de fatigue, voire d'impatience, chez l'homme.

Dix minutes plus tard, les choses en étaient encore au même point. Enfin, la femme recula de quelques pas hésitants en plissant les yeux, comme pour imaginer l'effet du tableau dans son salon, en Allemagne, à des milliers de kilomètres de là. L'homme, quant à lui, se mit à jouer avec le lourd bracelet de sa montre en or. C'était le moment d'intervenir. Graziella s'avança :

— Souhaitez-vous que je vous apporte quelque chose à boire ? Un expresso, un cappuccino ? Ou de l'eau minérale ?

La femme leva les yeux vers elle. Elle avait un joli teint mat qui faisait ressortir l'éclat de ses petites dents, aussi blanches que les touches d'un piano de poupée.

Au lieu de répondre directement à la proposition de Graziella, elle s'adressa à son compagnon en minaudant avec une moue enfantine :

— La seule chose que je souhaite, c'est ce tableau.

L'Allemand était aussi massif et grisonnant que sa femme était jeune et menue. Classique. Il s'agissait certainement d'un chef d'entreprise ayant fait fortune dans les techniques nouvelles, venu choisir un cadeau pour sa quatrième ou sa cinquième épouse.

— O.K., fit-il en hochant la tête.

O.K. : deux initiales ayant valeur de symbole international pour faire savoir qu'on cède, qu'on accepte la guerre ou qu'on se rend. Dans le cas présent, cela signifiait que l'Allemand acceptait d'allonger près de quarante-cinq mille dollars, somme qui comprenait la commission de la vendeuse. Et pourtant, celle-ci n'avait pas fait grand-chose ; elle s'était contentée de mimer l'indifférence.

Graziella était aux anges : les affaires étaient plutôt calmes ces temps-ci, et sa dernière vente remontait à six mois...

Ce fut alors que Mona lui tendit un bout de papier rose. Restée un peu en retrait, elle attendit la réaction de Graziella en se balançant sur ses talons, visiblement très mal à l'aise.

— Donc, on le prend, tu es d'accord ? demanda la femme à son mari.

L'homme grogna son assentiment. La jeune femme se serra alors contre lui dans un geste si intime qu'il en était embarrassant. Graziella détourna les yeux et en profita pour jeter un coup d'œil sur le papier. Elle se figea. Il s'agissait d'un message de Sarah Bogan, sa marraine :

Prière de rentrer immédiatement. Ta mère a été gravement blessée dans un accident de voiture.

Par la suite, Graziella ne devait conserver que quelques fragments de souvenirs de cette matinée :

la douleur qui l'avait saisie à l'estomac, aussi vive que si elle avait reçu un coup de poing dans les côtes, suivie de l'impulsion illogique de se ruer sur le téléphone pour appeler sa mère afin de lui annoncer la nouvelle. Il y avait aussi eu l'expression du couple d'Allemands, d'abord surpris, puis compatissant. La jeune femme avait posé la main sur son épaule.

Lorsqu'elle s'était retrouvée dehors, agrippée à son sac, Graziella n'avait pas compris comment la vie, à Manhattan, pouvait continuer à suivre son cours : comme d'habitude, il flottait dans l'air un relent de vapeurs d'essence ; une femme promenait son teckel obèse ; les voitures donnaient un concert d'avertisseurs ; le soleil de printemps était radieux et des ombres traversaient les trottoirs de Soho. Et surtout, elle s'était demandé comment des choses aussi terribles pouvaient arriver par une aussi belle journée d'avril.

Le chauffeur de taxi pakistanais avait commencé par refuser de l'emmener à La Guardia.

— Je ne fais pas les aéroports, lui avait-il annoncé d'emblée, au moment où elle s'était glissée sur la banquette arrière.

— S'il vous plaît, conduisez-moi là-bas. Ma mère a eu un accident. Elle est peut-être mourante. Il faut absolument que vous m'emmeniez.

Au son de sa voix bouleversée, le chauffeur avait jeté un coup d'œil dans son rétroviseur. En apercevant ses larmes, il avait haussé les épaules en poussant un gros soupir.

— O.K., O.K. J'ai une mère, moi aussi. Allez, attachez votre ceinture, on va essayer de pas mettre trop de temps.

Et il avait foncé à travers la ville.

Graziella gardait quelques souvenirs épars du vol vers l'Illinois. Elle avait fait le voyage dans un état second, en notant sans en avoir réellement conscience le patchwork du paysage en bas, les cris du bébé qui pleurait dans les rangées du fond, les turbulences au-dessus du lac Erié. L'hôtesse, véritable sosie de Michelle Pfeiffer, avait remarqué son visage douloureux. En guise de consolation, elle l'avait gratifiée d'un paquet de cacahuètes supplémentaire.

Lorsque l'avion s'était posé, elle était restée étourdie pendant quelques instants. Elle avait eu peine à croire qu'elle retrouvait Argyle, sa ville natale du Wisconsin, après avoir quitté New York le matin même. Puis elle s'était précipitée à l'hôpital.

A l'unité de soins intensifs où avait été transportée sa mère, sa marraine l'avait accueillie en la serrant dans ses bras.

— J'étais venue passer quelques jours avec ta mère, lui avait-elle expliqué, la voix mouillée de pleurs, et ensuite, je l'ai invitée chez moi, à Chicago, pour aller voir l'exposition Degas... Nous sommes parties ensemble, nos deux voitures se suivaient, et cet imbécile de camion...

Les yeux de Sarah avaient scruté le visage de Graziella comme s'il contenait une réponse. Et, dans ce regard éperdu, la jeune femme lut qu'il était trop tard.

Parmi ces bribes de souvenirs, l'un d'eux restait très net dans la mémoire de Graziella. D'une voix lasse et chantante, l'infirmière avait demandé :

— Est-ce que son mari est là ? Ou son père ?

La jeune femme l'avait regardée et avait répondu :

— Non, il n'y a aucun père ici, il n'y a que moi.

Sa voix s'était alors brisée et elle s'était écroulée sur le lit étroit où gisait, inerte, le corps irréparable de Lizzie Orman.

Il ne lui avait jamais vraiment manqué.

Parfois, les gens voulaient savoir si elle ne souffrait pas trop de ne pas avoir de père. Graziella fournissait invariablement la même réponse : « Non, je me sens comme tout le monde. »

Comment regretter quelqu'un dont on ne savait rien ? Quelqu'un qu'on n'avait jamais vu ? Quelqu'un dont on ne connaissait le visage qu'au travers de photos vieilles de vingt-deux ans, des photos qu'on ne regardait plus ?

C'était comme regretter une ville qui n'existait pas, un plat dont on ignorait la saveur, un paysage inconnu.

Bien sûr, il lui arrivait de penser à son père avec curiosité ou avec tristesse, voire avec colère. Parfois, les trois à la fois. Par exemple, à son anniversaire, à Noël, à Pâques ou au jour de l'an. Parce que en ces occasions particulières, elle attendait vaguement un signe de sa part, un cadeau, une simple carte...

Elle avait également cruellement ressenti son absence lors des événements importants qui avaient jalonné sa vie : aux journées des parents, à l'école, à sa remise de diplôme, au lycée et, quatre ans plus tard, à l'université... Même si sa mère tentait vaillamment de donner le change en assumant aussi le rôle du père.

Mais à chaque fois, Graziella se reprenait en se moquant de ce qu'elle considérait comme de la sentimentalité et un manque total de sens des réalités. Et elle se persuadait que si le couple qu'elle formait avec sa mère n'incarnait pas le triangle traditionnel – mère, père, enfant –, du moins incarnait-il l'image de la mère et de l'enfant, tant célébrée dans l'art universel. Dans l'art, le père ne comptait pas. Dans l'art aussi, le père brillait par son absence.

Et pourtant... En dépit de tous ces beaux raisonnements, oui, il lui arrivait malgré elle de se languir de son père. De souffrir d'un manque indéfinissable, du manque de ce père qui existait quelque part, bien vivant. Elle ne pouvait abandonner l'idée de le voir un jour, de le rencontrer, de lui parler. Il lui était impossible d'en faire son deuil, malgré ses airs bravaches et ses proclamations d'indifférence. Elle éprouvait le besoin non avoué, et pourtant vital, d'être reconnue par lui. Comme ce jour-là, à l'école des beaux-arts.

Elle travaillait avec acharnement sur un paysage qu'elle apercevait par la fenêtre : une rangée de cornouillers, avec, au second plan, une forêt traversée par un chemin de terre battue qui disparaissait derrière une grange et un tas de bois fraîchement coupé. Elle avait toutes les peines du monde à obtenir le gris qu'elle souhaitait pour le tas de bois. Au bout de deux heures, elle n'avait toujours pas trouvé la bonne couleur. Elle ponça, gratta au couteau, recommença et persévéra jusqu'au moment où, enfin, le résultat lui convint. Alors, plantée au milieu du petit atelier baignant dans une pâle lumière de fin d'automne, elle baissa les yeux sur sa palette barbouillée de couleurs dégoulinantes et resta ainsi un bon moment avec, au cœur, le regret de ne pouvoir montrer son travail achevé à son père.

Parfois, étant enfant, elle laissait vagabonder son imagination et inventait leurs retrouvailles. Dans l'une de ces rêveries, elle avait trouvé son adresse, était partie pour l'Europe et avait sonné à sa porte. Il vivait à Londres, à St. Johns Wood. Elle avait lu quelque part que les artistes, les peintres, les acteurs, les écrivains et les musiciens vivaient là ; il était donc logique que son père, un marchand d'art italien, eût sa place là-bas. La porte s'était ouverte.

« Bonjour, papa », avait-elle dit, tout simplement. Il l'avait regardée longtemps, incapable de parler ; il avait su immédiatement qui elle était. C'était normal. Comment ne l'aurait-il pas su ?

Dans un autre rêve, il vivait sur un yacht dans le sud de la France, et il dépensait sans compter. Le soir, depuis la proue du bateau, ils admiraient ensemble les feux d'artifice qui jaillissaient de toutes parts. Pourquoi tirait-on des feux d'artifice à tout va, en France ? Mystère... Mais cela n'avait aucune importance, car en rêve, elle pouvait tout se permettre.

Mais le rêve auquel elle avait recours le plus souvent était le rêve italien. Son père habitait dans une villa, en Toscane ou en Ombrie. Il possédait une piscine entourée de fleurs énormes qui sentaient bon et fort, comme une liqueur. En fin d'après-midi, l'eau de la piscine, lisse comme du marbre noir, se tachait çà et là de cadavres d'insectes. Ils vivaient très simplement. Il y avait un hamac blanc et une gouvernante qui ne parlait pas bien l'anglais, mais qui souriait beaucoup à Graziella. Le matin, avant la grosse chaleur, père et fille sortaient ensemble pour de longues promenades dans le village et rentraient en balançant des sacs à provisions débordant d'achats.

Parfois, lorsqu'elle se trouvait dans une ville inconnue, Graziella feuilletait l'annuaire téléphonique. Après tout, son père pouvait bien s'être installé en Amérique sans le dire à personne. Mais elle n'avait jamais trouvé son nom dans aucun annuaire, pas même un nom approchant.

Immanquablement, en retrouvant son environnement habituel après un voyage, elle se sentait perdue, en proie à un sentiment qu'elle connaissait très bien, celui de n'être chez elle nulle part. Ce sentiment la poursuivait depuis toujours. Elle ne se sentait pas chez elle à Argyle, la petite ville du Wisconsin située dans la banlieue de Milwaukee où elle était née et où elle avait grandi. Elle n'était pas non plus chez elle en Californie, où sa mère l'avait emmenée un été pour fêter son dixième anniversaire à Disneyland. Ni dans le Minnesota, où elle était allée à l'école des beaux-arts, ni même à New York, où elle s'était installée deux ans auparavant pour y tenter une carrière de peintre, en dépit des avertissements répétés de sa mère lui prédisant qu'elle finirait par mourir de faim. Entre parenthèses, elle était toujours vivante, même si la prédiction avait été sur le point de se réaliser à maintes reprises.

Et pourtant, sa mère avait tout mis en œuvre pour tenter de lui procurer la stabilité nécessaire à son développement. Longtemps, Lizzie avait été obsédée par les statistiques nationales dont les résultats se révélaient péremptoires et sans appel :

15

selon lesdites statistiques, les filles élevées sans père abandonnaient plus fréquemment que les autres leurs études secondaires et se retrouvaient plus souvent enceintes à un âge précoce.

Affolée à l'idée que son enfant puisse connaître un jour les malheurs guettant les filles élevées sans père, elle avait emmagasiné des stocks entiers de livres traitant du problème des familles monoparentales. C'était l'un des avantages offerts par son travail de secrétaire au département de psychologie d'une grande université du Middle West : elle avait accès à des livres, à des professeurs et à des revues austères.

Aussi, à la suite de l'une de ces lectures instructives, Lizzie avait-elle eu une idée de génie : en revenant de l'école, Graziella avait retrouvé le plafond de la cuisine tapissé d'autocollants représentant les planètes. De la plus impressionnante, Jupiter, à la plus petite, Pluton, pas une seule ne manquait à l'appel. Cette jolie décoration était accompagnée de toute une bibliothèque de livres de mathématiques et de sciences naturelles, couvrant des matières s'étendant de l'algèbre de base à la biologie cellulaire.

La raison de cette soudaine soif de connaissances était simple : Lizzie avait appris que les filles élevées sans père avaient tendance à maîtriser moins facilement les mathématiques et les sciences que les filles élevées avec père. Il était donc urgent de combler les lacunes de Graziella. « Aujourd'hui, on commence la trigonométrie et le système solaire, avait annoncé Lizzie d'un ton enjoué. Viens, assieds-toi. »

Sa fille s'était exécutée sans grand enthousiasme.

Plus tard, au moment de l'adolescence, Lizzie avait jugé bon de l'avertir sans détour :

— Je ne veux pas que tu mettes les hommes sur un piédestal. Ils n'en valent pas la peine. Ce ne sont que des êtres humains. Et même très humains.

Elle avait ajouté :

— Un petit détail encore : ils ne sont pas indispensables, on arrive très bien à se passer d'eux... Je ne veux pas que tu te trompes, comme moi.

Sa mère n'évoquait que rarement le nom de Massimiliano. Mais il lui arrivait parfois d'enfreindre la règle, comme, par exemple, le jour où sa fille lui avait annoncé qu'elle n'était pas satisfaite de son prénom, si extravagant. Ne pouvait-on remplacer « Graziella » par autre chose ? Lizzie n'avait pas du tout eu l'air de comprendre le problème.

— Graziella, c'est le seul prénom sur lequel Massi et moi avons réussi à nous mettre d'accord, avait-elle déclaré. Pour les noms de garçons, c'était facile, mais pour les filles, c'était une autre paire de manches.

Elle s'était interrompue et avait souri faiblement.

— Si tu t'avisais de prendre un prénom plus américain, je crois que je ne te le pardonnerais jamais.

Il lui arrivait également d'observer que Graziella avait hérité du « physique craquant » de Massi : des yeux noirs et brillants, une bouche aux lèvres charnues... Et puis elle était aussi dotée de sa passion pour le dessin et la peinture. Mais, sur ce chapitre, comment démêler ce qui venait de son côté à elle et ce qui venait de son côté à lui ?

Il y avait aussi les photos. Pâlies, cornées, couleur fluo dans le style années soixante-dix, usées par l'âge et les manipulations. Deux instantanés ressemblaient à des clichés de plateau extraits d'un film d'étudiant, sauf que ces instantanés n'étaient pas issus d'un film, mais de la vraie vie de sa mère. L'un d'eux, pris par quelque passant inconnu arrêté pour l'occasion, représentait ses parents au sommet des marches menant à la place d'Espagne, à Rome. Lizzie et Massimiliano, plus connu sous le nom de Massi, étaient tous deux âgés de vingt-deux ans. Sa mère riait derrière d'énormes lunettes noires ; d'un geste théâtral, Massi avait posé une main sur son genou, dans la position du célèbre *Penseur* de Rodin.

L'autre photo représentait Massi, seul. Il se tenait près d'une fontaine, ses cheveux noirs en désordre, sa veste de cuir craquelé était fermée, ses deux mains plongées au fond de ses poches. Il avait l'air un peu contrarié... Sans doute ne voulait-il pas être pris en photo.

— Quelle est cette fontaine ? avait demandé Graziella.

La jeune fille avait vu avec surprise le regard de sa mère se voiler.

— C'est la fontaine des Quatre-Fleuves. Elle se trouve sur la piazza Navona. Elle a été construite par le Bernin... A une certaine époque, la piazza Navona était mon endroit préféré à Rome. C'était là que je sentais battre vraiment le cœur de la ville.

— Pourquoi « à une certaine époque » ? s'était étonnée Graziella. Maintenant, tu ne l'aimes plus ?

Mais sa mère avait détourné la conversation.

En vingt ans, Massi était resté le même sur les photos, mais sa fille, elle, avait changé. Enfant, elle examinait les photos sans comprendre réellement

18

qui elles représentaient ; et elle regardait cet homme, ce Massimiliano, ce Massi, comme un étranger. Certes, il paraissait intéressant, il émanait de lui un charme indéfinissable, mais il appartenait au passé.

Dix ans plus tard, il n'avait que quelques années de plus que le copain de classe dont elle était amoureuse.

Et à vingt-deux ans, lorsqu'elle regardait ces deux photos, elle les examinait à la fois en juge et en coupable. Massi avait alors exactement son âge. Etait-il possible qu'elle soit un jour attirée par un homme comme lui ? Puis les questions habituelles revenaient l'assaillir : où vivait-il ? Etait-il marié ? Avait-il des enfants ? Avait-elle des demi-frères ou sœurs ? Pensait-il parfois à elle ?

— A mon avis, tu ne seras jamais complètement toi-même tant que tu n'auras pas fait la paix avec ton père, lui avait dit Eric lors de leur dernière rencontre.

Depuis quelques mois, Graziella voyait régulièrement Eric Donovan, le dernier inscrit sur la liste des hommes qu'elle avait rencontrés depuis son arrivée à New York. Il y avait eu Richard, un garçon blond et très empressé, qui l'emmenait dîner et en profitait pour lui raconter sa vie par le menu. Curieusement, il avait soigneusement omis de mentionner le fait qu'il était marié, père de jumeaux, et que sa femme attendait leur troisième enfant. Avant Richard, elle avait connu Tom, qui avait un penchant sérieux pour la boisson. Aussi en avait-elle eu assez le matin où il était revenu se coucher auprès d'elle, après avoir répondu à un besoin pressant, un verre de Heineken à la main.

19

— Je pense que tu fais exprès de te trouver des hommes avec qui ça ne peut pas marcher, avait commenté sa mère sans prendre de gants.

C'était à la fin d'une de leurs nombreuses conversations téléphoniques. Graziella venait de lui raconter son rendez-vous avec un garçon toujours amoureux de sa précédente petite amie.

— Non, non, ce n'est pas ça, avait-elle répondu, piquée au vif. Je pense que je me trompe dans mes choix, c'est tout !

Aussitôt, sa mère avait cherché à l'apaiser :

— Je ne te fais aucun reproche, ma chérie. Si tu sors avec des hommes qui ne sont pas disponibles pour une raison ou une autre, c'est probablement que tu considères dès le départ qu'une rupture ne sera pas une catastrophe. A mon avis, tu cherches inconsciemment à te protéger.

Après avoir raccroché, Graziella avait réfléchi à ces paroles. C'était vrai, elle n'avait jamais fait entièrement confiance à la gent masculine. En présence des hommes, elle adoptait souvent des manières réservées et lointaines, comme pour les maintenir à distance. Mais avec Eric, c'était autre chose. Il était gentil, il était stable, il savait écouter, et il la faisait rire.

Elle l'avait rencontré à la fin du mois de février. Il était entré dans la galerie, intéressé par un tableau exposé en vitrine : une huile représentant des animaux en train de jouer sous un chapiteau de cirque blanc. Il s'était renseigné sur le prix. A l'énoncé du montant, il s'en était tiré par une pirouette :

— Hum, vingt-sept mille dollars... Attendez que je réfléchisse...

Il avait laissé s'écouler quelques secondes, avant de relever la tête.

— Voilà, avait-il repris. Si je vendais mon appartement, je pourrais acheter ce tableau, mais je n'aurais plus de mur pour l'accrocher. Donc, je pense que ce n'est pas raisonnable. Mais maintenant que je viens d'économiser tant d'argent, je pourrais peut-être vous inviter à dîner ?

Il l'avait emmenée dans un restaurant brésilien de son quartier, bourré à craquer. Avant même de passer la commande, il l'avait regardée bien en face et lui avait annoncé tout de go :

— Je tiens à vous dire que j'ai été marié et que j'ai une fille. Elle a six ans, et j'y tiens comme à la prunelle de mes yeux. Donc, comme elle est chez moi cette semaine, et que j'ai promis à la baby-sitter de rentrer à six heures, je ne pourrai pas vous emmener faire le tour des boîtes.

Ce soir-là, ils avaient échangé le minimum d'informations que se donnent en général deux personnes qui lient connaissance. Eric enseignait l'anglais dans une école privée à Manhattan. Il s'était marié très tôt à sa petite amie de fac, mais ils avaient divorcé deux ans auparavant et ils avaient la garde conjointe de leur fille, Katie.

Contrairement à son habitude, Graziella s'était sentie très détendue en sa compagnie. Elle avait réfléchi : qu'avait-il donc de spécial, cet Eric ? Eh bien, c'était simple : il était le premier homme qui s'intéressait vraiment à elle.

Elle s'était donc laissée aller et, pendant une heure et demie, elle lui avait raconté sa vie. Elle lui avait décrit son enfance dans le Middle West, là où le froid, en hiver, était si intense que parfois il vous brûlait comme de la glace et que les pêcheurs faisaient des trous dans les lacs gelés pour y attraper des perches et des brochets.

21

Elle lui avait aussi parlé de la petite ville où elle avait grandi et du manque de carrure de ses habitants.

— Là-bas, les gens croient qu'ils n'ont pas le droit d'avoir une opinion. Ou, en tout cas, ils se conduisent comme si. Alors qu'ici, ça discute dur, regarde !

Elle avait eu un geste du menton pour désigner les tables avoisinantes bruissantes de conversations animées.

— Ici, je passe mon temps à défendre mes opinions !

Elle avait également confié à Eric que sa mère avait été restauratrice d'art en Italie, et qu'elle avait ensuite abandonné sa carrière pour l'élever. Elle avait ajouté qu'elle avait dû hériter de son don, puisqu'elle était venue à New York dans l'intention de devenir peintre. Hélas, les longues heures passées à la galerie lui laissaient peu de temps pour elle, et elle en était réduite à se lever au petit matin pour se consacrer à son art.

— Et d'où vient votre prénom ? lui avait demandé Eric. On a l'impression que c'est le nom d'une caravelle de Christophe Colomb : la *Niña*, la *Pinta* et la *Graziella*.

— Mon père était italien.

— Etait ? Mais il est toujours vivant ?

— La dernière fois que j'ai vérifié, il l'était encore, oui.

Répondant à l'expression perdue de son compagnon, elle avait précisé :

— Il est vivant, autant que je le sache. Je... Nous ne nous voyons pas. Je ne l'ai jamais vu. Ma mère a rompu avec lui avant ma naissance.

— Et comment avez-vous vécu ça ?

Eric ne se gênait pas pour poser directement ce genre de questions.

— Oh, sans problème, avait-elle répondu avec une fausse désinvolture. Pas de modèle masculin. Je vous le recommande chaleureusement.

— Vous souffrez du manque de père ?

Toujours la même question.

— Je ne souffre d'aucun manque, Eric. Je ne vois pas ce que mon père viendrait faire dans ma vie. Il ne me serait d'aucune utilité.

Eric l'avait regardée, bouche bée.

— Comment, vous voulez dire que les pères ne servent à rien ? Je suis content que vous m'avertissiez, ça m'évitera de perdre mon temps à m'occuper de ma fille.

— Ce n'est pas ce que je veux dire. Tous les pères ne sont pas comme le mien.

— A propos de filles...

Eric s'était excusé pour appeler chez lui et était revenu s'asseoir, le sourire aux lèvres.

— Katie vous donne le bonjour. Elle voudrait savoir si vous aimez les collants. Je lui ai dit que je ne pensais pas que vous en portiez, mais que j'étais sûr que vous en aviez quelques-uns dans vos tiroirs.

Ils étaient rentrés ensemble en marchant dans un silence complice à travers les rues bondées de Manhattan. C'était la fin de l'hiver, et, sur l'asphalte luisant de neige fondue, la circulation se réduisait à un long ruban brillant.

— Et qu'est-ce que ça fait comme effet, d'être le père d'une petite fille ? avait demandé Graziella, rompant le silence.

Avec une légère contrariété, elle avait décelé une

note d'embarras dans sa propre voix, mais Eric n'avait pas paru s'en apercevoir.

— Eh bien... Pour commencer, je m'aperçois qu'une fille, ça a du caractère ! avait-il répondu en riant. Mais c'est peut-être une manière pour elle de s'affirmer. Mais je vous assure que je suis enchanté. Et on a beau faire, elle est vraiment différente d'un garçon.

Il s'était arrêté pour la dévisager avec gravité.

— Vous voulez que je vous donne un exemple ? Bon, je suis pour l'égalité entre les sexes, contre les machos, etc. Donc, fidèle à mes convictions, je lui ai acheté un petit camion pour son anniversaire. Eh bien, la première chose qu'elle a faite, c'est d'enrouler son camion dans une couverture en décrétant que c'était un bébé camion. Et ensuite, elle lui a donné le biberon. Vous voyez ? Qu'est-ce que vous voulez faire...

En la déposant devant sa porte, il s'était inquiété en constatant qu'elle n'était pas fermée à clé.

— La serrure est sans arrêt fracturée, lui avait-elle expliqué.

Depuis son arrivée à New York, elle habitait à East Village, Avenue D, dans un bâtiment délabré de quatre étages, au-dessus d'un garage et d'une teinturerie. Pour tenter de donner à l'immeuble un aspect un peu plus coquet, le propriétaire avait fait peindre l'entrée et les couloirs en rose fluo, mais ce cache-misère était loin de suffire pour camoufler les effets de l'âge et de la décrépitude. Sans compter qu'il ne justifiait pas le loyer élevé qu'elle partageait avec sa colocataire, Lucy, une fille qui rêvait de devenir comédienne.

Au début, Graziella avait trouvé l'immeuble et le

quartier sympathiques, mais de plus en plus, elle appréhendait de rentrer chez elle le soir. Elle n'était pas pressée de retrouver le gargouillement des vieux radiateurs recouverts de plusieurs couches de peinture, les cocoricos du coq qu'un voisin élevait amoureusement chez lui, et Lucy, qui passait la majeure partie de son temps à préparer vainement des auditions, et le reste à boire du café en fumant des cigarettes russes, captivée par *Actor's Studio*.

— Ce n'est pas tout à fait le même environnement que chez vous, non ? avait-elle demandé.

Eric vivait dans un grand appartement dont il avait hérité à la mort de sa grand-mère. Il était situé à Upper East Side, à quelques pâtés de maisons de l'école où il enseignait, et près d'un parc où Katie aimait faire du roller.

— C'est uniquement que je m'inquiète pour votre sécurité, avait-il répondu.

— Oh, je suis parfaitement capable de veiller sur moi toute seule, lui avait-elle répliqué d'un ton léger. C'est ce que j'ai toujours fait.

Ils s'étaient revus plusieurs fois dans les semaines qui avaient suivi. Elle avait compris qu'il était en train de tomber amoureux ; et d'ailleurs, il le lui avait avoué. Cependant, plus il recherchait sa compagnie, plus elle lui résistait. Quelque chose en elle se refusait à le considérer autrement qu'en grand frère adorable, drôle, fantaisiste, protecteur. Elle ne pouvait pourtant s'empêcher de trouver un réconfort dans sa constance, qui la changeait agréablement des péripéties imprévisibles de ses aventures précédentes.

Quelques semaines après leur première rencontre, Graziella avait fait la connaissance de

Katie. C'était une enfant menue, blonde, énergique, au regard bleu pénétrant. Leur première soirée à trois s'était passée dans une pizzeria de Chelsea. En chemin, la petite fille avait insisté pour marcher entre les deux adultes. Au bout de quelque temps, ils avaient été obligés de jouer à la soulever et à la balancer d'avant en arrière.

Bientôt, un mélange de sentiments embarrassants, faits d'une sorte d'affection maternelle mêlée à un étrange ressentiment, vint troubler la quiétude de Graziella. Elle qui n'avait jamais connu la joie de partager ses jeux avec ses deux parents réunis en avait vaguement voulu à la petite fille. En même temps, lorsque celle-ci, au bout d'un moment, avait lâché sa main pour conserver uniquement celle de son père dans la sienne, elle avait été saisie d'un regret inexplicable.

Ils s'étaient installés à une table et Eric lui avait fait observer :

— Tu as vu l'expression attendrie des femmes ? C'est plus fort qu'elles ; elles craquent toujours en voyant un papa sortir sa petite fille.

— C'est sans doute parce que c'est tellement rare ! avait répliqué Graziella d'une voix coupante.

Eric lui avait touché la main.

— Allez, allez, les pères ne sont pas si nuls que ça !

A ce moment-là, Katie les avait quittés pour aller admirer l'agilité des cuisiniers coiffés d'une toque blanche qui lançaient leur pâte en l'air et la rattrapaient avec dextérité. Eric avait profité de son absence pour creuser le sujet :

— Tu sais, mon père non plus n'était pas un modèle d'affection. C'était un banquier, un homme d'affaires. Il était complètement perdu devant les mômes. Je sentais bien qu'il avait parfois envie de me prendre dans ses bras, de me faire le bisou du soir... Mais je ne sais pas pourquoi, il n'est jamais passé à l'acte. Quand j'ai eu quatre ans, il a jugé que j'étais un homme. Tu imagines, quatre ans ! Et il a commencé à me serrer la main, le soir, pour me dire bonne nuit. Comme si j'étais un client !... Quand il est mort, j'ai beaucoup pleuré. Mais si je pleurais tant, ce n'était pas seulement parce que je le perdais, c'était surtout parce que nous ne nous étions jamais trouvés. On avait des rapports aberrants... Enfin... Même si on peut rencontrer des tas de figures du père, dans la vie, le problème, c'est qu'on n'en a qu'un, et un seul.

Ils étaient rentrés chez Eric à pied, en empruntant la Cinquième Avenue. Une neige légère tombait, ajoutant encore à la magie de la ville illuminée. Katie trottinait en tête en admirant les vitrines des magasins, tandis que les deux adultes poursuivaient leur conversation.

— J'ai beaucoup réfléchi au rôle du père, et en particulier aux rapports père-fille, lui avait avoué Eric. J'ai lu quelque part que les mères donnaient des racines et les pères, des ailes. Je dois dire que cette image m'a bien plu.

— C'est le genre de trucs qu'on lit sur le dos des sachets de thé dans les restaurants chinois, avait jeté Graziella, un rien méprisante.

— Il ne faut jamais sous-estimer la sagesse des sachets de thé ! avait plaisanté son compagnon. Tout ce que je sais, c'est que j'essaie de faire de mon mieux pour Katie. Je veux qu'elle sache que je serai toujours là pour elle, toujours et partout ; que je la soutiendrai dans toutes ses entreprises ; qu'il lui suffira de m'appeler pour que j'arrive.

Ils étaient arrivés devant chez lui.

— Tu as envie de revenir plus tard ? lui avait-il proposé en hésitant. Laisse-moi le temps de coucher qui tu sais, et ensuite, je suis à toi.

C'était ainsi qu'ils procédaient pour se retrouver. Ils avaient déjà passé plusieurs nuits ensemble, et, à chaque fois, les doutes de la jeune fille s'étaient envolés en dépit d'elle-même. Pourtant, par la suite, il lui semblait toujours que quelque chose de déterminant avait manqué à l'appel : un désir véritable, un certain mystère...

Ce soir-là, elle n'avait pas eu envie de se retrouver dans l'appartement trop vaste d'Eric. Elle n'avait pas non plus eu envie de ses caresses pleines de tendresse, mais si prévisibles ! Et encore moins de se lever à l'aube pour rentrer chez elle avant de prendre son travail à la galerie.

— Je dois me lever tôt, avait-elle menti. Mais merci quand même.

Katie, déjà dans le hall, montrait au portier le morceau de pâte à pizza crue qu'on lui avait donné au restaurant. Mais Eric ne s'en était pas laissé conter :

— Tu veux que je te dise ? avait-il répliqué. Je ne vais pas renoncer à toi aussi facilement.

— Je ne sais pas de quoi tu veux parler...

— Si, si ! Tu te donnes beaucoup de mal pour me repousser.

Elle avait voulu protester, mais il avait posé un doigt sur ses lèvres.

— Ne t'inquiète pas, je ne le prends pas pour moi personnellement. J'ai comme l'impression que c'est ton habitude. Les mecs, tu ne les gardes pas long-temps. Dis-moi... C'est quoi, ton record ? Attends, laisse-moi deviner. Tu as tenu quinze jours avec le même ? Trois semaines ?

— Ça ne te regarde pas !

— Attends, j'ai encore quelque chose à te dire. Tu sais, je ne suis pas complètement à côté de mes pompes.

C'était ce jour-là qu'il avait prononcé ces mots qui étaient restés gravés dans la mémoire de Gra-ziella, et qui devaient revenir la hanter comme une mélodie récurrente :

— A mon avis, tu ne seras jamais complètement toi-même tant que tu n'auras pas fait la paix avec ton père.

Elle l'avait dévisagé, saisie :

— Qu'est-ce que tu racontes ? Tu ne connais pas le premier mot de cette histoire !

Eric s'était légèrement incliné, en partie pour s'excuser, mais aussi pour mieux faire pénétrer ses paroles :

— Non, je ne sais rien en dehors de ce que tu m'as dit et de ce que je peux observer quand je suis avec toi. Mais c'est le genre de truc qui saute aux yeux. Et pourtant, je n'étais pas un as en psycho à la fac.

— Alors comme ça, à ton avis, je devrais me mettre en rapport avec mon père ? persifla-t-elle. Et que dois-je lui dire, d'après toi ? « Hé, salut, p'pa, tu me reconnais ? C'est moi, ta fille ! Je t'offre un café ? Non ? Tu ne veux pas ? Tu préfères me rejeter encore ? » Ecoute, Eric, tout ça, ça ne te regarde pas, mais sache que j'ai fait la paix avec mon père, comme tu dis. Pour moi, il est mort. Il n'a jamais

existé, et il n'existera jamais si je peux l'en empêcher. C'est tout.

Elle avait tourné les talons et commençait déjà à
s'éloigner, mais la voix d'Eric l'avait arrêtée :

— Eh dis donc ! Tu sais, je ne suis pas ton père,
hein ! Et toi, tu n'es pas ta mère.

— Qu'est-ce que ça veut dire ?

— Cherche un peu, tu trouveras.

— Tu ferais mieux de t'occuper de tes oignons,
avait-elle riposté. On n'est pas chez le psy, et je ne
suis pas ta patiente.

— Graziella... !

La jeune femme n'avait pas entendu la suite ; elle
s'était enfuie en courant sans rien voir autour d'elle,
ni le kiosque à journaux du coin de la rue, ni les
boutiques qui avaient descendu leur rideau métal-
lique, ni le cinéma qui déversait le flot de ses derniers spectateurs. Elle n'avait pas entendu ce
qu'Eric avait à lui dire, mais cela lui était égal. Elle
n'avait eu qu'une envie : fuir.

L'enterrement de Lizzie Orman eut lieu un vendredi après-midi. Le ciel gris semblait avoir pris le
deuil, lui aussi. L'assistance était composée en
grande partie de membres des services universi-
taires : des professeurs, des étudiants, des secré-
taires. Après la cérémonie, une petite réception, au
cours de laquelle Graziella reçut les condoléances
et les témoignages d'amitié, se déroula dans sa
maison.

Sarah s'était chargée de répondre au téléphone et
aux coups de sonnette des amis et des connaissances qui arrivaient en lui tendant des plats recouverts d'une feuille d'aluminium. Les gens ne

s'attardèrent pas et, lorsque le soleil perça les nuages, tout le monde avait quitté la maison.

C'était la première fois que Graziella côtoyait véritablement la mort. Elle constata que ce que l'on disait était vrai : quelque chose, une chose indéfinissable qui n'était peut-être ni l'âme ni l'esprit, quittait réellement le corps. A l'hôpital, en baissant les yeux sur le visage de sa mère, elle avait vraiment vu cette chose, quelle qu'elle soit, se détacher, s'élever et disparaître. Même si, plus tard, elle s'était convaincue d'avoir fantasmé, la vérité était là : elle avait regardé sa mère, et elle s'était aperçue que son visage avait subtilement changé.

Pendant les dernières années de sa vie, Lizzie s'était débattue au milieu des soucis, des factures à payer et des ennuis de toutes sortes. Elle avait fait des heures supplémentaires et, parfois, avait passé le week-end devant un écran d'ordinateur d'un bleu laiteux, à accomplir un travail qu'elle n'aimait pas.

Ce visage familier, marqué par les tracas, s'était radouci, et la jeunesse y était revenue. Dans la mort, Lizzie avait retrouvé ses vingt-deux ans.

Graziella trouva anormal que les jours suivant l'enterrement se déroulent comme d'habitude. Les gens, qui n'avaient jamais entendu parler de l'existence de sa mère ni, à plus forte raison, de sa mort, continuaient à vivre leur vie, à emmener leur chien chez le vétérinaire, à prendre un pot ensemble le soir après le boulot, à organiser des fêtes et des anniversaires, des vacances, des mariages. Les voitures envahissaient les routes le matin et rentraient au bercail pour le dîner ; le soleil se levait et se couchait ; les avions décollaient et atterrissaient à l'heure. Pas un mot dans le journal local pour décrire le genre de personne qu'elle était. Rien sur les choses qu'elle aimait : les tableaux de Renoir, les journées passées à l'Art Institute de Chicago, Mozart, l'odeur de l'air tout de suite après la pluie, le feu dans la cheminée même lorsqu'il ne faisait pas tout à fait assez froid pour cela, la purée de pommes de terre à l'ail, tout ce qui avait trait à l'Italie. Ni sur les choses qu'elle n'aimait pas : le manque de manières, la foule, les mocassins à glands, les autocollants, le tofu, l'avion. Rien, hormis sa date de naissance et la date de sa mort, quelques mots sur son travail, et le nom de son unique descendante directe : Graziella.

Le jour de l'enterrement, la lumière rouge du répondeur, dans l'entrée, clignota sans relâche, pareille à un signal de détresse. Entre deux messages d'amies et de collègues de sa mère, Graziella en trouva un de sa colocataire, Lucy. « Eric a appelé, disait-elle de sa voix essoufflée, théâtrale. Il n'avait pas été prévenu, pour ta mère, alors je l'ai fait. J'espère que tu ne m'en voudras pas de lui avoir donné ce numéro. »

Deux messages plus loin, elle entendit la voix triste d'Eric : « Graziella, je suis là si tu as besoin de moi. Tu m'appelles, et j'accours. » Mais, plongée dans ce monde qu'elle avait laissé derrière elle en partant pour New York, le monde de sa mère, elle ne l'avait pas rappelé.

Elle passa la semaine suivante à s'occuper des affaires de Lizzie. Sa marraine lui suggéra de placer un certain nombre de choses au garde-meubles en attendant de prendre une décision.

— Tu es toujours sous le choc, lui dit-elle. Je sais que tu crois maîtriser la situation, mais il n'empêche que c'est la réalité. Plus tard, en repensant à cette période, tu te demanderas comment tu as pu agir de façon normale.

Les premiers jours furent les plus difficiles, et plus particulièrement lorsqu'elle apprit les circonstances de l'accident. Celui-ci avait eu lieu à environ trente-cinq kilomètres au nord de Chicago. Les derniers vestiges de la neige étaient en train de fondre, provoquant la levée d'un épais brouillard qui flottait au-dessus des plaines et des autoroutes. D'après le rapport de police, le conducteur du camion qui précédait la voiture de Lizzie avait écrasé ses freins pour éviter une voiture surgie de nulle part. Lizzie n'avait pu s'arrêter à temps, et sa vieille Honda Accord avait percuté l'arrière du camion avant de se retourner. Sarah, qui suivait à quelque distance, avait réussi à freiner.

— Je lui avais proposé de prendre une seule voiture pour économiser l'essence, expliqua cette dernière, mais ta mère n'a pas accepté. Elle voulait finir d'écouter un livre sur cassette, un livre qui selon elle ne me plairait pas.

Après la cérémonie, Sarah avait conseillé à sa filleule de s'installer à l'hôtel Days Inn, à quelques dizaines de mètres de la maison, mais, malgré son insistance et sa proposition de prendre le séjour à sa charge, Graziella avait refusé avec entêtement. Elle préférait rester dans son cadre familier.

Le silence de la maison, ce lieu où s'étaient déroulées ses dix-huit premières années, l'intriguait plus qu'il ne l'effrayait. Elle passa la soirée qui suivit l'enterrement à errer de pièce en pièce. Partout, elle retrouvait des traces de cette vie brutalement interrompue, coupée net. L'évier contenait toujours l'assiette dans laquelle sa mère avait pris son petit déjeuner ce matin-là, ainsi qu'un pot de yaourt vide. A l'étage, le lit était défait, un livre ouvert sur la table de chevet. Une boîte de crème conservait l'empreinte des doigts de Lizzie.

Graziella se coucha sur ce lit où flottait toujours l'odeur de sa mère et serra contre elle l'oreiller qu'elle croyait sentir encore chaud de sa chaleur ; puis elle s'endormit.

Une fois de plus, Sarah vint à son aide pour l'aider à débarrasser la maison. Les plats, les assiettes, les verres, les tasses, l'argenterie, rangés dans les tiroirs et le placard de la cuisine, le contenu de la salle de bains, du salon, du palier, les piles de livres qui débordaient des rayons de la bibliothèque, les caisses de disques que ni Graziella ni sa mère n'écoutaient plus, mais qu'elles n'arrivaient pas à jeter... Tous ces objets accumulés au cours d'une vie se retrouvèrent entassés dans des cartons marqués « cuisine », « salle à manger », « salon ».

Ce fut aussi Sarah qui se rendit à la banque pour vider le coffre où Lizzie avait déposé ses maigres biens.

— Tu es la seule personne qui me reste, murmura Graziella.

Sarah, la meilleure amie de sa mère, son amie d'enfance... Après ses études secondaires, Lizzie était partie pour l'Europe afin d'étudier les techniques de restauration, tandis que Sarah avait suivi le chemin traditionnel en entrant au Smith College, dans le Massachusetts, et en épousant ensuite l'un des plus beaux partis de Chicago. Tout naturellement, à la naissance de Graziella, Lizzie lui avait demandé de devenir la marraine de sa fille, ce qui l'avait flattée. Ce fut grâce à Sarah que Graziella trouva son appartement à New York ; et ce fut Sarah qui lui obtint un entretien à la Holly Ardath Gallery, alors qu'on lui avait fait savoir qu'aucun poste n'était libre, mais qu'on « garderait ses coordonnées ».

Aux paroles de sa filleule, Sarah leva les yeux.

— Mais non, ce n'est pas vrai, je ne suis pas la seule personne qui te reste, Graziella, protesta-t-elle d'une voix douce. La solitude totale, ça n'existe pas. Tu as tes oncles et tantes, tes cousins, ton oncle Bill, tu as tous tes amis.

Les frères et sœurs de sa mère avaient disparu dans la nature, et quant à l'« oncle Bill », le mari de Sarah, c'était un hommes d'affaires qui était rarement chez lui. A son foyer, il préférait ses nombreuses propriétés réparties sur tout le territoire, jusque dans le Wyoming et le Texas. Graziella connaissait à peine ce personnage distant et très occupé, qui n'avait aucune affinité avec les jeunes.

— Ce que je voulais dire, c'est... commença-t-elle.

Mais ses paroles moururent sur ses lèvres.

— Je sais ce que tu voulais dire.

Sarah savait lire dans ses pensées, finir ses phrases. Mais cette fois-ci, point n'était besoin d'être grand clerc pour deviner le sens de ses paroles : oui, bien sûr, sa filleule avait de la famille, mais elle était loin de s'en sentir proche.

Elle réfléchit quelques instants, puis elle se décida.

— Tu sais, Graziella, annonça-t-elle d'un ton brusque, tu crois que tu es seule au monde, mais ce n'est pas vrai.

35

— Qu'est-ce que tu veux dire ?

Sarah hésita une seconde avant de fermer le carton de décorations de Noël qu'elle tenait, puis traversa la pièce d'un pas résolu. Soulevant son manteau qu'elle avait jeté sur le canapé, elle dévoila la présence d'un sac de toile rouge élimé.

— Voilà ce que contenait le coffre, dit-elle en tendant le sac à sa filleule. Tiens, prends-le. J'espère que je ne fais pas une bêtise, mais je pense que maintenant, tu es en âge de savoir.

— Savoir quoi ?

D'un mouvement de tête, Sarah fit signe à Graziella d'ouvrir le sac.

— Savoir quoi ? répéta la jeune fille.

Devant le mutisme obstiné de sa marraine, elle défit les liens. La légère odeur musquée dégagée par le sac paraissait provenir de la poussière et de la moisissure accumulées dans une cave ou dans un grenier, plutôt que dans un coffre de banque. Graziella en sortit un passeport et un collier, puis deux titres boursiers qui la firent sourire malgré elle. Cinq ans auparavant, sa mère avait rejoint un club d'investissement exclusivement féminin et placé une petite somme d'argent dans une entreprise pharmaceutique pour laquelle elle disait avoir un « très bon feeling ». Depuis, les actions avaient plongé et perdu la majeure partie de leur valeur. C'était devenu un objet de plaisanterie entre elles. Graziella demandait régulièrement à sa mère des nouvelles de son portefeuille, s'attirant invariablement la même réponse : « Patience, patience... Tu vas voir qu'un jour je brasserai des millions. »

Au fond du sac, elle trouva un paquet de lettres, entourées par deux jolis rubans, l'un rouge et l'autre vert. Il pouvait y en avoir vingt-cinq. Certaines enveloppes étaient des aérogrammes fins comme des mouchoirs de papier bleu, d'autres, blanches, étaient conventionnelles. Plus que par les enveloppes elles-mêmes, elle fut frappée par les timbres et l'écriture ramassée, arrondie, portée dessus.

— Qu'est-ce que c'est que ça ? demanda-t-elle.

Mais elle connaissait déjà la réponse. Elle remarqua que la plupart des aérogrammes étaient déchirés, comme s'ils avaient été ouverts en toute hâte ou avec emportement ; d'autres paraissaient encore intacts.

— Allez, lis-en une, lui conseilla Sarah d'une voix douce.

Graziella prit le premier aérogramme de la pile. Un chèque s'échappa de l'enveloppe et tomba sur le tapis, sous la table du salon. La jeune fille le regarda, fascinée. Il avait été rempli à l'encre noire et était taché par endroits. Les chiffres 7 étaient barrés, comme pour les différencier de... quoi ? C'est alors qu'elle remarqua la date.

— Elle a été postée il y a dix ans, murmura-t-elle avec effort.

Elle ouvrit un autre aérogramme, adressé à sa mère, cacheté... jamais ouvert. En prenant bien garde de ne pas abîmer le fragile papier, elle déchira l'un des côtés avec son ongle. Un autre chèque turquoise tomba sur ses genoux. Il était daté de cinq ans auparavant.

Cinq ans. Elle avait dix-huit ans tout juste. A l'époque, elle n'avait pas suffisamment d'argent pour s'acheter son matériel de dessin. Sa mère avait fait un emprunt hypothéqué sur la maison pour lui payer ses études. Elle-même travaillait à l'extérieur du campus comme serveuse dans un restaurant, affublée d'une tenue froufroutante et d'un chapeau. Son maigre salaire lui permettait de s'acheter ses gouaches et ses pinceaux à aquarelle. Cette année-là, une fois de plus, sa mère s'était privée de vacances et de tout, d'ailleurs.

Un autre aérogramme et un autre chèque, celui-ci daté de quinze ans auparavant. Graziella avait alors huit ans. Un souvenir de l'époque lui revint en mémoire. C'était la journée des parents à l'école. Elle était assise sur une chaise pliante, à côté de sa mère, tandis qu'autour d'elle ses camarades de classe bavardaient et riaient avec leurs deux parents. Ce jour-là, elle avait ressenti avec acuité son statut d'enfant pas comme les autres. La même année, pendant l'hiver, sa mère avait recouvert les carreaux des fenêtres de feuilles de plastique pour économiser l'énergie. Elle achetait ses fruits et ses légumes à bas prix dans les fermes coopératives.

Graziella n'en crut pas ses yeux en lisant les chiffres portés sur les chèques. Deux mille dollars. Cinq mille dollars. Sur l'un d'eux, le montant était même de dix mille dollars. Aucun de ces chèques n'avait été encaissé ni, à en juger par leur aspect, touché par des mains humaines. Ce qui signifiait que, en recevant les aérogrammes et les lettres, sa mère les ouvrait, les examinait et les mettait de côté ; mais apparemment, le plus souvent, elle se contentait de les entasser dans le sac de toile sans les ouvrir. Et jamais elle n'y avait fait la moindre allusion devant sa fille.

A côté d'elle, Sarah balbutiait des paroles d'excuse d'une voix embarrassée :

38

— Ta mère... Plus les années passaient... Bien sûr, vous auriez eu besoin de cet argent, mais... par principe... elle ne voulait pas avoir affaire à lui, et je ne lui donne pas tort... Pourtant je lui avais dit : « Liz, ces chèques et ces lettres, ils ne sont pas pour toi, ils sont pour la petite. »

De l'endroit où elle se trouvait, Graziella apercevait la queue en plastique noir de la vieille pendule « Félix le Chat », qui se balançait dans un mouvement de va-et-vient au-dessus du canapé du salon ; elle entendait le réfrigérateur ronronner dans la cuisine. La vie de sa mère, limitée par le manque d'argent, l'impossibilité de s'échapper, lui apparut tout à coup comme une lutte permanente. Elle repensa aux économies auxquelles elle avait été contrainte pendant toutes ces années, aux coupons de réduction qu'elle avait soigneusement découpés et posés à côté du téléphone de la cuisine, à la chaudière de la cave qui devait être bricolée dès que quelqu'un s'attardait sous la douche plus de cinq minutes d'affilée, à l'éternelle vieille Honda Accord que Lizzie conduisait depuis des années, malgré le petit trou du plancher, côté passager, à travers lequel on pouvait voir défiler la route.

— Pourquoi ? finit-elle par demander d'une voix faible. Pourquoi ? Je ne comprends pas.

Sarah attarda sur elle son regard légèrement humide.

— Ah, je ne sais pas si j'ai bien fait... J'ai ouvert la boîte de Pandore. Peut-être que je n'aurais pas dû te montrer tout ça.

Graziella secoua lentement la tête.

— Si, dit-elle, la bouche sèche. Je suis contente que tu l'aies fait.

Sarah sortit un mouchoir en papier de son sac et se moucha discrètement.

— Donc, je suppose qu'elle ne t'a jamais parlé de rien.

— A quel propos ?

— A propos d'elle, de Massi...

Graziella fut surprise du ton familier avec lequel Sarah avait prononcé ce nom : « Massi », comme si elle avait l'habitude de parler de lui depuis toujours. Qui d'autre était au courant de l'existence de cet homme ? Et elle, pourquoi avait-elle été laissée dans l'ignorance ?

— Non, répondit-elle, elle ne m'a jamais parlé de rien.

— Tu plaisantes ?

— Je ne vois pas pourquoi je plaisanterais.

Sa mère avait toujours été curieusement évasive dès que l'on abordait le sujet de son père, balayant les questions avec des réponses du genre : « Oh, mon chou, il y a si longtemps ! Tu sais bien que je n'ai pas beaucoup de mémoire. » Elle avait seulement déclaré un jour d'un ton sibyllin : « Je ne te dirai jamais de mal de ton père, et j'espère qu'il ne dit jamais de mal de moi. »

— Est-ce que tu sais pourquoi ta mère l'a quitté ?

— Je crois que c'est à cause de la géographie, avança Graziella, convaincue pourtant que ce n'était là qu'une partie de la vérité. Elle voulait revenir en Amérique, et lui non.

— C'est la raison qu'elle t'a donnée ?

— Oui, confirma la jeune fille dont le malaise allait croissant.

— Donc tu es en train de me dire que tu ne sais rien de lui ? Tu ne sais pas à quoi il ressemble, ni ce qu'il fait dans la vie, ni rien d'autre ?

— Elle ne m'a jamais parlé de lui.

« De Massi. De mon père », ajouta-t-elle mentalement.

— Je sais qu'il est marchand d'art quelque part.

— Oui, à Rome... Et tu n'as jamais cherché à en savoir plus ?

— Quand je posais des questions, elle se contentait de me répondre qu'ils avaient rompu parce que ça ne marchait plus entre eux. Oui... Et que, pour des raisons personnelles, il avait décidé de ne plus rester en contact. Ça paraît stupide, tout simplement...

— Est-ce que tu veux connaître la vérité, Graziella ? l'interrompit Sarah. C'est important pour toi ? Tu as envie de tout savoir ?

D'une voix à peine audible, la jeune fille murmura :

— Oui, je veux connaître la vérité.

Et, d'un mouvement lent, en prenant bien son temps, elle s'installa sur le canapé pour écouter le récit de l'histoire de ses parents.

2

Dès son arrivée, Lizzie Orman fut frappée par la profusion de chats. La ville de Rome grouillait de chats... Ils prenaient des bains de soleil sur les marches des monuments, entraient et sortaient du Forum ou du Colisée et paressaient sur les places en ruine, là où, jadis, l'empereur Auguste avait coutume de s'adresser à la foule de ses sujets en liesse. L'après-midi, en regagnant son logis de la via dei Pettinari, elle croisait invariablement sur son chemin quelque vieille femme qui, émergeant de ses jupes noires étalées en corolle autour d'elle, distribuait, accroupie, les restes de son repas à une famille de chats affamés.

« Au moins, eux, ils comprennent ce qu'on leur raconte, se disait Lizzie avec un rien d'autodérision, ce sont des chats italiens ! » Car ici, les gens, y compris les enfants, s'exprimaient couramment dans un langage qui n'avait que peu de chose en commun avec la langue qu'elle avait étudiée à l'université.

Ses parents n'avaient manifesté qu'un enthousiasme modéré lorsqu'elle leur avait annoncé son intention de franchir l'Atlantique afin de poursuivre à Rome des études de restauration. Son père n'avait pas compris la raison qui la poussait à partir aussi loin pour étudier, alors que les écoles ne manquaient pas aux Etats-Unis. En réalité, ce qui l'inquiétait le plus, c'étaient les frais entraînés par un séjour à l'étranger, mais il se refusait à le reconnaître.

— Papa, ce sont des études subventionnées par l'Etat, lui avait expliqué Lizzie. Elles sont gratuites pour les Italiens, et pratiquement aussi pour les Américains.

Voyant qu'il hésitait toujours, la jeune fille avait tiré ses dernières cartouches.

— Je te rappelle que tu m'as toujours dit et répété que les études d'art à l'université ne servaient à rien, qu'elles n'offraient aucun débouché et ne permettaient pas de trouver du travail par la suite. Eh bien, j'ai fini par trouver une spécialité qui me servira !

Mais son père avait fait mine de ne pas entendre et s'était plongé dans la lecture attentive des programmes de télévision.

— Papa, tu sais très bien que je suis nulle à la machine à écrire. Je tape deux mots à la minute, et encore, quand je suis en forme !

Son père avait fini par lui donner son accord, mais avec une expression qui lui avait serré le cœur. Son vœu le plus cher, elle le savait bien, c'était de voir ses enfants passer leur existence dans son entourage proche. Hélas, ses espoirs ne paraissaient pas vouloir se réaliser. Ses deux frères et l'une de ses sœurs avaient déjà quitté leur petite ville d'Argyle, de quatorze mille habitants ; et les autres envisageaient de faire de même. Deux mois plus tôt, sa sœur avait accepté un poste dans l'informatique sur la côte Ouest, et, récemment, l'un de ses frères avait annoncé qu'il prévoyait de s'installer au Canada. Son autre frère vivait déjà en Louisiane depuis plusieurs années. Son père semblait condamné à voir partir ses enfants un à un pour s'éparpiller à travers le vaste monde.

Certes, c'était la loi de la nature. Mais Lizzie, devant son chagrin, n'avait pu s'empêcher d'être saisie de tristesse, elle qui, étant la plus jeune, avait toujours été sa préférée. Obéissant à une impulsion, elle l'avait embrassé sur le front.

— Papa, je ne peux pas passer le restant de mes jours à la maison, avait-elle murmuré.

— Je ne te demande pas de rester ici jusqu'à la fin de tes jours, avait-il répliqué d'un ton bourru, seulement jusqu'à tes cinquante ans !

Puis il s'était retourné pour cacher les larmes qui brillaient dans ses yeux.

Du plus loin que remontaient ses souvenirs, Lizzie avait voulu devenir peintre. Petite, elle s'était passionnée pour les grands artistes : Van Gogh, Monet, Cézanne, Matisse, Rembrandt et son préféré, Renoir. Elle était capable de réciter les couleurs de la palette de ce dernier : blanc, jaune chrome, jaune de Naples, ocre, terre de Sienne, vermillon, rose, vert Véronèse, bleu turquoise, bleu cobalt, bleu outremer. Elle connaissait aussi le type de pinceaux qu'il utilisait : ils étaient en soies plates ou en poils de martre.

Lors des rares voyages de la famille à Chicago, métropole située à deux heures de leur petite ville, Lizzie entraînait sa mère à l'Art Institute. Pendant ce temps, la garde des autres enfants revenait à son père, auquel il n'était pas question d'infliger la corvée du musée : « L'art, c'est pas mon truc ! » avait-il coutume de professer.

Dès l'âge de seize ans, Lizzie, elle, savait exactement que l'art était bel et bien « son truc ». Elle savait également que les chances de voir ses parents approuver ses ambitions étaient minimes. Une fille issue de la classe moyenne du Middle West était censée se marier dès que possible, tenir la maison de son époux, élever ses enfants en leur inculquant les bonnes manières et peut-être, s'il lui restait un peu de temps, travailler à mi-temps à titre bénévole. Le métier de peintre était jugé beaucoup trop excentrique, beaucoup trop aléatoire pour une jeune femme.

En conséquence, Lizzie avait pris l'habitude de garder pour elle son amour de la peinture. Ses premières tentatives de dessin – les pieds de table grêles de la cuisine, le pantalon du survêtement bleu marine de son frère jeté sur la chaise de sa chambre – avaient été faites à la sauvette. Elle tenait son carnet à dessin posé sur ses genoux, et sa main crispée sur le fusain, comme sur une arme secrète, croquait son sujet en cachette. Lorsqu'il arrivait que son manège intrigue quelqu'un, elle fermait vivement son bloc et répondait aux questions d'un air innocent : « Moi ? Je ne fais rien. Pourquoi ? Et toi, qu'est-ce que tu fais ? »

Finalement, un beau matin, au moment où elle se préparait à partir en classe, sa mère l'avait arrêtée en lui déclarant tout à trac :

— Lizzie, personne ne t'oblige à faire comme tout le monde.

La jeune fille avait regardé sa mère sans comprendre.

Cette dernière lui avait alors confié qu'elle aussi, autrefois, avait eu des ambitions artistiques. Son rêve avait été de devenir écrivain. Pendant toute son adolescence, elle avait écrit des nouvelles. Plus tard, elle avait publié des articles dans le journal de l'université.

— Mais j'ai arrêté. Je me suis mariée. Je me suis persuadée que je n'avais pas le temps, que j'étais une mère de famille, avec des enfants en bas âge. La vérité, c'est que je ne prenais pas le temps. La vie que je mène ne me déplaît pas, mais, je t'en prie, ne commets pas la même erreur que moi. Prends le risque. Ose être différente.

Elle avait fourré un billet de vingt dollars dans la poche de sa fille.

— Et fais-moi le plaisir de t'acheter un carnet à dessin correct.

Lorsqu'elle avait atteint l'âge d'entrer à l'université, Lizzie avait compris que si elle voulait devenir peintre, il lui faudrait quitter le Middle West. Elle aimait beaucoup sa région : les fermes, les champs de maïs et, l'hiver, les vaguelettes gelées des lacs scintillant au soleil de janvier comme autant de sculptures inachevées. Cependant, elle savait pertinemment que ce n'était pas là qu'elle pourrait faire une vraie carrière d'artiste. Certes, elle avait envie de peindre les scènes qu'elle aimait et de s'inspirer de sa ville natale, afin de s'en souvenir plus tard. Mais, pour ce faire, il lui fallait la quitter, vivre ailleurs.

En dernière année d'université, Lizzie avait assisté à une conférence donnée par une restauratrice du musée des Beaux-Arts de Boston. Transportée, elle avait écouté la description détaillée de la restauration de *Carmelina*, l'une des dernières œuvres de Matisse. Après l'exposé, elle s'était approchée du podium et avait demandé sans préambule à l'oratrice :

— Comment puis-je apprendre à faire ce que vous faites ?

La conférencière avait ri, et, chose incroyable, avait proposé à la jeune fille de la rencontrer à son hôtel, où elles pourraient parler calmement.

La restauratrice l'attendait dans le salon de l'hôtel. Après avoir échangé quelques banalités, elles étaient entrées dans le vif du sujet.

— Est-ce que vous peignez vous-même ? s'était-elle enquise.

Lizzie avait avoué qu'elle s'essayait à la peinture. La restauratrice avait alors sorti de son sac un échantillon de rouge foncé, une palette et une petite boîte d'aquarelle. Désignant l'échantillon, elle avait dit :

— O.K., voyons si vous pouvez restituer cette couleur.

Lizzie avait mis un peu de temps, mais elle était finalement parvenue à obtenir la couleur précise de l'échantillon de rouge. La femme ne l'avait pas quittée des yeux une seconde, suivant chacun de ses mouvements et épiant la subtile relation qui s'établissait entre les yeux et les mains de la jeune fille.

— Je suis très impressionnée, avait-elle simplement commenté lorsque Lizzie avait terminé. Habituellement, les gens mettent une heure pour leur premier essai.

Elle avait poursuivi en indiquant qu'il lui faudrait beaucoup travailler pour devenir restauratrice, que l'on ne pouvait envisager cette carrière qu'à la condition d'être peintre soi-même, et que le programme des études était extrêmement vaste. Il impliquait non seulement l'histoire de l'art et la technique du dessin, mais également des études de chimie assez poussées et, par-dessus tout, il requérait une énorme dose de patience.

— Si vous êtes toujours intéressée, avait-elle conclu environ deux heures plus tard, je vous conseille d'aller étudier en Italie. Vous apprendrez là-bas des choses qui ne sont enseignées nulle part ailleurs dans le monde.

Avec un petit sourire, elle avait ajouté :

— Pour le meilleur ou pour le pire.

— Où puis-je me renseigner sur les formalités d'inscription ?

— Je vais vous aider.

Quelques jours plus tard, le consulat d'Italie à New York faisait parvenir à Lizzie le dossier de candidature officiel établi par l'Istituto Centrale de Restauro de Rome. A dater de ce jour, elle avait vécu sur les charbons ardents. Pour gagner un peu d'argent, elle s'était mise à travailler dans une agence immobilière, et, tous les jours, à l'heure du déjeuner, elle se précipitait chez elle afin de vérifier si la réponse était arrivée. Quelques semaines plus tard, en apprenant que non seulement elle était acceptée, mais que les cours étaient sur le point de commencer, elle avait été transportée de joie. Cependant, par délicatesse envers ses parents, elle avait pris soin de les éviter le plus possible afin de ne pas le leur montrer.

Dans le brouhaha de l'aéroport, au milieu du va-et-vient des passagers et du bruit des annonces diffusées par haut-parleur, son père l'avait embrassée pour lui dire au revoir et l'avait serrée contre lui. Puis il avait posé ses mains sur ses épaules et l'avait regardée dans les yeux d'un air grave :

— Je veux que tu saches que je suis très fier de toi, avait-il prononcé. Je sais que, par égard pour ta mère et pour moi, tu as essayé de cacher un peu ton excitation, mais, nom d'une pipe, c'est un grand moment ! Vas-y et ne te retourne pas !

Si elle avait dû décrire les impressions de ses premiers mois passés à Rome, elle les aurait définies comme un mélange de perplexité, de ravissement et d'embarras permanent. L'excuse perpétuellement à la bouche — *Mi dispiace, scusi !* —, elle tentait de se faire pardonner la façon dont elle malmenait la langue italienne, à tout moment et en tout lieu, dans les cafés, les restaurants, les musées, les églises... Les cours de l'Institut étant donnés entièrement en italien, elle eut pendant six mois le plus grand mal à comprendre ses professeurs.

Grâce à une annonce passée dans un journal édité en langue anglaise, elle trouva, via dei Pettinari, pour un prix raisonnable, un appartement de deux pièces à partager avec une étudiante de l'Institut, une brune Milanaise très comme il faut prénommée Donatella.

Cette dernière se fit un plaisir de lui servir de guide. Sous sa houlette, Lizzie fit connaissance avec la galerie Borghese et la piazza di Spagna, avec les élégantes boutiques de la via Condotti et de la via Veneto, ainsi qu'avec le cappuccino du célèbre salon de thé Babington. En sa compagnie, elle se joignit à la foule compacte des touristes pour admirer le plafond de la chapelle Sixtine. Au Palazzo dei Conservatori, Lizzie découvrit les peintures de Véronèse, du Tintoret, de Rubens, du Titien, et s'extasia devant la beauté des fresques de l'église du Gesù.

Ensemble, elles partirent à la découverte des différents sites de Rome, en commençant par le mont Palatin. Suivirent l'Aventin, puis le Janicule. Au Campo dei Fiori, un immense marché de fruits et de légumes, où des vieilles femmes, assises sur des paniers retournés, épluchaient des artichauts en jacassant comme des pies, Lizzie fut impressionnée par l'expression sombre de la statue de Giordano Bruno qui surplombait ce tohu-bohu. Elevant la voix pour surmonter le vacarme ambiant, elle demanda à sa compagne :

— Qui est ce Giordano Bruno ? Et pourquoi a-t-il l'air si fâché ?

Sa guide bénévole lui expliqua que l'homme ténébreux était un philosophe de la Renaissance, dont les livres avaient été attaqués par l'Inquisition.

— Il a été jeté en prison, où il est resté sept ans. Au bout de tout ce temps, on l'a emmené sur le Campo dei Fiori et il a fini sur le bûcher. Ce qui explique son air sombre. Je pense que tu n'aurais pas l'air particulièrement ravie si ça t'arrivait, non ?

Grâce à l'aide de sa nouvelle amie, Lizzie évolua bientôt dans la vie quotidienne avec une aisance quasi romaine. Elle apprit que les timbres, ainsi que son ticket de bus mensuel, s'achetaient au tabac. Elle découvrit que c'était sur le marché de la via Portuensi que les fraises étaient les meilleures, et que les *cannoli* devaient impérativement venir d'une certaine pâtisserie, car là, lui avait juré Donatella, ils étaient à se damner.

De même, elle connaissait maintenant la meilleure teinturerie, celle de la via dei Fori Imperiali, même si, par souci d'économie, elle lavait elle-même ses vêtements dans son petit lavabo et les mettait à sécher en les éparpillant un peu partout à travers l'appartement.

Au chapitre des découvertes moins réjouissantes s'inscrivaient les lourdeurs administratives. Bien que prévenue, elle n'en crut pas ses oreilles lorsqu'on lui annonça qu'il lui faudrait attendre six mois pour obtenir l'installation d'un téléphone chez elle.

Elle constata également que les Italiens n'avaient pas copié le modèle américain de la restauration rapide. Inutile de chercher un fast-food ou un endroit pour prendre une tasse de café en vitesse. Dans ce pays, les repas restaient une chose sérieuse, et il n'était pas question de les avaler à la hâte. Quel plaisir pouvait-on éprouver en ingurgitant sans s'en rendre compte un café servi dans un gobelet en plastique ? Les repas équivalaient à des moments de plaisir, de détente et de partage.

Dans le même ordre d'idées, Donatella lui apprit que l'on faisait ses courses au jour le jour, de façon à disposer de produits frais.

— Contrairement au vôtre, notre pays a connu la guerre, lui précisa-t-elle. Nous savons ce que c'est que de souffrir de la faim. C'est pour cette raison que nous apprécions les menus plaisirs de la vie. Les anciens n'ont pas oublié que, du jour au lendemain, on peut tout perdre.

Bientôt, Lizzie sut s'orienter facilement dans la ville. Mais, à la suite d'une mauvaise rencontre dans un bus, son amie lui indiqua les lignes sûres et celles qu'il fallait éviter.

— A moins que tu aimes ça, mais j'en doute beaucoup, il faut que tu évites les bus où les hommes te pincent les fesses et t'attrapent les seins. Ça m'est déjà arrivé plusieurs fois, mais maintenant, je peux t'assurer que je sais me défendre. Tu sais, finalement, j'ai une assez bonne droite !

Après plusieurs tentatives avortées, elle avait appris à se servir d'un téléphone public. Elle avait également découvert que la bienséance exigeait que les visiteurs, hommes et femmes, recouvrent leurs bras nus à l'intérieur des églises.

Le jour où une Italienne lui demanda la direction de la gare centrale, la Stazione Termini, et où elle fut capable non seulement de la lui donner, mais encore sans chercher ses mots, elle en ressentit une légitime fierté.

Les cours à l'Institut constituaient un monde à part.

En tant que nouvelle venue, elle commit un jour la grave erreur de parler de « restauration d'art », au grand dam de son professeur qui la reprit sévèrement : non, elle ne se destinait pas à la profession de « restauratrice », mais de « conservatrice ». Restaurer impliquait qu'on fût susceptible d'altérer, voire de détruire, la vision originale de l'artiste. Le mot qui convenait était celui de « conserver », car dans ce travail, on s'appliquait à respecter et à honorer l'intention originale du créateur.

En Italie, les techniques et les méthodes de restauration, inchangées depuis la nuit des temps, différaient de celles des pays anglo-saxons.

Par exemple, pour consolider de vieilles toiles détériorées, les Américains utilisaient un adhésif synthétique et fixaient une seconde pièce de tissu à la première. A Rome, Lizzie passa deux mois à apprendre à mélanger puis à appliquer une pâte épaisse ; opération qui devait être menée avec la plus grande délicatesse.

Lorsque les Italiens nettoyaient une peinture, ils estimaient qu'il convenait de laisser un peu d'usure derrière, une légère couche de crasse, une patine, comme ils disaient ; patine était le mot préféré des professeurs de Lizzie. Les Américains et les Anglais, eux, nettoyaient à fond, « comme des ménagères obsédées de propreté », selon les termes de l'un de ses professeurs.

La jeune fille avait découvert avec surprise qu'elle était l'unique étudiante américaine de l'Institut. Elle comptait parmi ses condisciples des jeunes gens venus de Scandinavie, d'Angleterre, d'Autriche, de Suisse et d'Europe de l'Est, mais la plupart étaient italiens. Comme pour l'initier aux us et coutumes de leur pays, ceux-ci avaient pris l'habitude de l'appeler « Betta », le diminutif d'Elisabetta.

Les journées passées à l'Institut se déroulaient suivant un schéma qui variait peu d'une semaine à l'autre et d'un mois à l'autre. Les matinées étaient occupées par l'enseignement de l'histoire de l'art, de la chimie et de la technique du dessin. Suivait une pause, au cours de laquelle les étudiants se réfugiaient dans un café où ils s'accoudaient au comptoir pour déguster de petites parts de pizza, accompagnées d'un expresso bien fort, qu'ils sirotaient en tirant sur leur Marlboro. Lizzie s'était mise à l'unisson et avait commencé à fumer ; d'ailleurs, tout le monde, en Italie, semblait fumer. De temps à autre, elle jetait un coup d'œil sur les titres de l'*International Herald Tribune*. Mais lorsque ses connaissances en italien s'améliorèrent, elle remplaça l'*Herald Tribune* par *La Repubblica* et *Il Messaggero*, deux quotidiens comptant parmi les plus populaires en Italie. Après la pause, les cours de dessin reprenaient jusqu'à l'heure du déjeuner, pris dans l'une des trattorias avoisinantes. Les après-midi étaient consacrés aux démonstrations des techniques de restauration : nettoyage, peinture, retouches, travail sur panneau ; mais les étudiants n'étaient pas autorisés à effectuer de véritables travaux avant la deuxième ou la troisième année.

Ses horaires surchargés et le travail à temps partiel qu'elle avait trouvé au consulat américain lui laissaient malgré tout le loisir de penser parfois avec nostalgie à sa famille et à sa vie aux Etats-Unis. N'ayant pas le téléphone, elle envoyait de longues lettres hebdomadaires à ses parents. La première fois qu'elle les appela d'une cabine, ils lui apprirent qu'aucune de ses lettres n'était arrivée à destination ; cette nouvelle la fit fondre en larmes.

— Oh, moi, il y a longtemps que j'ai renoncé à envoyer du courrier, dans ce pays ! commenta Donatella. La poste italienne ne fonctionne pas, c'est bien connu.

Lorsque, enfin, le téléphone fut installé chez elle, elle sauta de joie. Elle pouvait désormais joindre ses parents toutes les semaines, ce qui ne l'empêchait pas de sursauter légèrement à chaque fois qu'ils l'appelaient Lizzie, et non pas Betta.

Ses premières vacances d'été chez elle, dans le Wisconsin, lui causèrent un choc. La vie dans le Middle West lui parut tout à coup s'étirer avec aussi peu de grâce et de relief qu'une longue litanie débitée d'une voix monocorde. Son ancien travail à l'agence immobilière était devenu fastidieux et déprimant. Parmi ses anciennes amies de lycée, un certain nombre se préparaient à se marier. Peu d'entre elles envisageaient de quitter Argyle, et encore moins l'Etat, sans parler du pays !

Elle constata avec chagrin que ses parents vieillissaient. Son père se déplaçait plus lentement. Un soir, alors qu'il montait dans sa chambre, elle le vit s'arrêter à mi-chemin des escaliers. Remarquant le regard préoccupé de sa fille, il lui expliqua d'un ton léger :

— Je m'arrête pour respirer un peu l'odeur des roses.

Pour apporter sa contribution aux tâches quotidiennes, Lizzie décida de préparer elle-même le dîner du vendredi suivant.

— Et vous deux, je vous interdis de lever le petit doigt ! avertit-elle ses parents.

Elle passa pratiquement deux après-midi pour trouver du romarin, de la sauge et des champignons.

Le vendredi venu, elle se fit une joie de préparer la pasta. Puis, en grande pompe, elle posa le plat sur la table. Mais elle fut déçue par la réaction modérée de ses convives.

— C'est très bon, répéta son père à plusieurs reprises.

Quant à sa mère, elle ne dit rien.

Plus tard, Lizzie monta dans la chambre de ses parents où elle trouva sa mère en train de boutonner sa chemise de nuit.

— Alors, c'était si mauvais que ça ? s'enquit-elle timidement depuis le seuil de la porte.

— Oh non, au contraire, c'était délicieux... la rassura sa mère.

Après quelques secondes de silence, cette dernière reprit :

— Je suis un peu vexée, c'est tout. En fait, c'est comme si tu me signifiais par là que ma cuisine est tout à fait quelconque... et que toi, à Rome, tu es habituée à mieux...

— Oh, maman, il ne faut pas le prendre comme ça ! Excuse-moi, mais j'avais pensé que ce serait marrant.

— Mais oui, c'était marrant, et même très marrant ! Le problème, c'est que ma vie me semble un peu bête tout à coup, comparée à la tienne.

La mère de Lizzie s'interrompit avant de reprendre d'une voix passionnée :

— C'est pour ça que je te dis que, oui, bien sûr, il faut que tu connaisses l'amour, que tu fondes une famille, mais il faut aussi que tu aies autre chose dans la vie... Excuse-moi, je ne suis pas juste envers toi. Ton repas était absolument délicieux, ma chérie.

Avec un soupçon de tristesse, l'adolescente s'aperçut que c'était avec un grand plaisir et un soulagement notable qu'elle retournait à Rome pour se préparer à sa deuxième année d'études.

Elle fut ravie de retrouver le son des cloches qui tintaient matin et soir, les centaines de dômes répartis dans la ville comme des coiffes, les cyprès si typiquement méditerranéens... Elle fut heureuse de revoir les Romains, la beauté ténébreuse des hommes, la sophistication et la vitalité des femmes, la gaieté des enfants qui jouaient dans les parcs et couraient autour de l'obélisque de la piazza del Popolo, habillés avec un goût exquis. Par-dessus tout, elle fut enchantée de retrouver les œuvres d'art, les sculptures, les fresques, les peintures sur bois. Une fois de plus, elle fut frappée de constater avec quel naturel et quelle évidence l'art et le passé se combinaient avec la vie de tous les jours.

Je suis à Rome, en Italie ! se répéta-t-elle avec bonheur. Sa ville natale d'Argyle lui sembla soudain aussi éloignée que si elle se trouvait sur une autre planète. Dans son euphorie, toute son appréhension à l'idée de mener de front ses études à l'Institut et son travail au consulat américain s'envola.

« Cher papa, écrivait-elle quelque temps plus tard, en ce moment, j'apprends à retoucher des aquarelles et des dessins. Je ne suis pas encore très bonne, mais dans quelques mois, ou peut-être l'année prochaine, on me permettra de travailler sur de vraies huiles, à condition que je ne fasse pas trop de bêtises, bien sûr. »

L'endroit préféré de Lizzie était de loin la piazza Navona, située à quelques pâtés de maisons du Panthéon. En fin d'après-midi, après les cours, il lui arrivait fréquemment d'emporter son carnet à dessin et ses fusains, ou, parfois, son matériel à aquarelle et quelques pinceaux, pour croquer une façade de bâtiment, une église ou la vitrine d'un magasin.

Elle adorait la fontaine des Quatre-Fleuves. Cette œuvre du Bernin, érigée au sud-est de la place, représentait quatre grands fleuves – le Gange, le Danube, le Nil et le Río de la Plata – matérialisés par quatre géants de pierre. Chaque soir, la place se remplissait de monde. Au milieu de tous ces jeunes, souvent des étrangers, qui bavardaient en riant et en gesticulant, traînant derrière eux des nuages de fumée de cigarette et de parfum, Lizzie goûtait pleinement le bonheur d'appartenir pour un temps à ce magnifique pays étrange et mystérieux appelé l'Italie.

Il lui arrivait bien, de temps à autre, d'être saisie de nostalgie en entendant le son de sa langue maternelle et de lutter contre l'envie furieuse de se précipiter vers l'Américain le plus proche dans le seul but de parler en anglais. Mais elle réfrénait son impulsion, car son désir secret était d'être prise pour une autochtone par ces touristes américains. A leurs yeux, elle ne voulait être qu'une apprentie artiste passant le début de la soirée sur la piazza, comme tant d'autres jeunes Italiennes de son âge.

Par un soir de décembre, elle se rendit sur sa place préférée et s'y installa avec son matériel pour se consacrer à la fontaine des Quatre-Fleuves. Il flottait dans l'air une odeur de châtaignes grillées, et la piazza Navona baignait dans une lumière superbe, à laquelle les éclairages de Noël ajoutaient encore une touche de magie. Des tentes se dressaient sur toute l'étendue de la place. A l'intérieur étaient exposées des scènes de la Nativité, où la sorcière de Noël, version italienne de saint Nicolas, avait également droit de cité. On la représentait perchée sur un manche à balai, distribuant des cadeaux aux enfants sages et du charbon en sucre aux enfants désobéissants.

A quelques pas d'elle, quelqu'un parla anglais. La musique de sa langue maternelle jointe à l'atmosphère de Noël, cette fête qu'elle passait si loin de son pays, balayèrent toute sa sérénité. Elle ne se sentit plus à sa place, tout à coup, dans ce décor étranger.

Elle posa son matériel de dessin et sortit les photos de sa famille de son portefeuille. Sa mère, assise sur les marches du perron, souriait en plissant les yeux. Son père se reposait dans un fauteuil de cuir rouge, son fauteuil favori. Il regardait l'objectif en fronçant légèrement les sourcils avec, au fond des yeux, une expression de lassitude familière.

Lizzie revit le grand arbre de Noël installé dans le salon où bavardaient gaiement ses frères et sœurs. Le son feutré des mélodies de Noël chantées par Frank Sinatra et Nat King Cole accompagnait le début de soirée, alors que le parfum des tartes cuisant au four s'infiltrait depuis la cuisine.

Elle aurait aimé rentrer pour Noël, mais le prix du billet d'avion était trop élevé. Donatella étant partie à Milan, où elle passait les vacances de Noël avec son copain, Lizzie fêtait Noël seule pour la première fois de sa vie.

La jolie lumière disparaissait peu à peu. La jeune fille rangea les photos dans son portefeuille, ferma son sac et se remit au dessin.

Elle était en train de terminer la barbe de l'un des géants de la fontaine lorsque, levant la tête, elle aperçut un groupe de gamins arrêté à quelques centimètres d'elle. Les enfants, une demi-douzaine en tout, observaient ses gestes avec attention. Elle remarqua fugitivement leur teint basané et leurs vêtements élimés.

Ravie à l'idée que ces enfants soient intéressés par son travail, Lizzie sourit et souleva son bloc pour montrer son dessin. Au même moment, l'un d'eux, un beau garçon à la peau mate et aux yeux brillants, attrapa son carnet d'un geste étonnamment vif, l'examina, puis prononça des mots dans un langage inconnu d'elle. Pour la première fois depuis son arrivée à Rome, Lizzie sentit la peur au creux de son estomac. Précipitamment, elle reprit son carnet et se leva d'un bond pour partir. Mais les enfants avaient formé un cercle serré autour d'elle. Elle était bloquée. Déjà, des petits doigts agiles parcouraient son corps tandis que d'autres se posaient sur son sac. Affolée, elle se mit à hurler :

— *Vatene ! Via ! Lasciami !*

Aussi rapidement qu'ils étaient arrivés, les enfants disparurent dans la foule. Toute tremblante, elle resta sans bouger un bon moment, le cœur battant à tout rompre. Puis, se ressaisissant, elle vérifia si son sac était toujours posé par terre. Il était toujours là, oui, mais le cuir, lacéré, lui adressait un horrible sourire. Inutile de vérifier. Elle savait d'ores et déjà que son portefeuille, avec son argent, son carnet de chèques, la carte de crédit que son père lui avait donnée en cas d'urgence et, surtout, les photos de sa famille, s'était envolé.

Le cœur gros, la tête embrumée, Lizzie s'éloigna à pas lents. Alors qu'elle marchait sur le Corso Vittorio Emanuele, elle sursauta : quelqu'un lui avait tapé sur l'épaule. Elle se retourna vivement, s'attendant au pire. Elle reconnut alors l'un des enfants qui, dix minutes plus tôt, lui avaient volé son portefeuille. Saisie d'effroi, elle poussa un cri :

— *Lasciami !* répéta-t-elle, prête à s'enfuir.

Son agresseur, une jolie petite fille vêtue d'une vieille robe et chaussée de sandales éculées, lança alors quelque chose à ses pieds, avant de se fondre dans la foule. Incrédule, Lizzie reconnut les photos de sa famille : sa mère, son père, ses frères et sœurs. Elle ne sut si elle devait rire ou pleurer. Des voleurs qui avaient un cœur ! Quel geste étrange, touchant ! Le trop-plein d'émotion, après toutes ces péripéties, lui fit monter les larmes aux yeux.

Elle s'arrêta pour traverser la rue. La circulation était intense, les petites Fiat 500 et les scooters débouchaient à toute vitesse sans s'arrêter aux feux rouges, et toutes les tentatives de l'adolescente pour se lancer étaient aussitôt contrecarrées par l'arrivée en trombe d'un nouveau véhicule.

Ses larmes se mirent à couler pour de bon. Sans savoir vraiment pour quelle raison, elle s'effrondra contre la façade d'un immeuble et pleura, le visage enfoui dans ses mains et les épaules secouées de sanglots. A quoi pouvait lui servir de savoir prendre un bus, acheter ses timbres, faire ses courses et commencer à parler la langue, si elle se sentait si peu sûre d'elle dans cette ville agitée et remplie d'antiquités ? Un seul incident, un seul imprévu, et voilà qu'on lui faisait comprendre qu'elle n'était qu'une petite Américaine venue tout droit de sa campagne du Middle West, incapable de traverser la rue.

— *Signorina, cosa succede ?* lui demanda soudain une voix douce. Ça ne va pas ?

Le premier réflexe de Lizzie fut de prendre la fuite. Elle avait eu son compte de voleurs pour la journée. Mais en regardant son interlocuteur à travers ses larmes, elle vit une chose surprenante : quelqu'un lui tendait un mouchoir, et ce quelqu'un était en plus un beau jeune homme ! Elle hésita un peu, puis prit le mouchoir et essuya ses joues humides.

Reprenant doucement contenance, elle demanda alors :

— *Parla inglese ?*

Le jeune homme eut une grimace comique.

— Ouais... un petit peu.

Ravalant ses larmes, Lizzie lui expliqua qu'on l'avait volée.

— Et c'étaient des gosses, en plus ! s'exclama-t-elle. Maintenant, j'essaie de rentrer chez moi, mais...

— Prenez mon bras, lui ordonna le jeune homme d'un ton ferme.

La première surprise passée, elle obtempéra. Avec maestria, il la guida à travers l'entrelacs de voitures et de scooters pétaradant sur la chaussée qui lui paraissait infranchissable encore quelques instants auparavant. Lorsqu'ils eurent atteint le trottoir opposé, le jeune homme lâcha son bras à regret.

— *Mi dispiace*, dit-elle pour la millième fois depuis qu'elle avait mis les pieds en Italie. Excusez-moi. Vous devez me trouver bête.

— Non, non, quelle idée ! s'insurgea son interlocuteur.

Il continua de s'exprimer en italien, en articulant bien, de façon à lui rendre la compréhension plus facile.

— A Rome, les règles de circulation sont un peu spéciales. C'est la loi du plus fort, il faut choisir entre tuer ou être tué. J'ai l'impression que ce n'est pas votre jour. Que vous ont pris vos voleurs ? Vous êtes américaine, c'est ça ?

Lizzie lui raconta en détail le déroulement des événements. Il secoua la tête :

— *Zingari*, fit-il d'un ton dégoûté.

La technique des enfants gitans était connue : ils

détournaient l'attention des touristes et en profitaient pour disparaître avec leur portefeuille ou leur montre.

— Ils découpent les sacs des femmes avec un couteau ou des ciseaux, ils piquent les portefeuilles et les cachent dans leurs manches. Comme ça, quand ils sont pris, ce qui arrive rarement parce qu'ils sont vifs comme l'éclair, ils lèvent les bras pendant qu'on fouille leur pantalon ou leur jupe. Et on ne trouve rien, forcément. *Cretini !* Je suis vraiment désolé de ce qui vous est arrivé. Je m'excuse au nom de ma ville, *signorina*...

— Vous n'y êtes pour rien, protesta Lizzie avec un petit rire. Ce n'est pas de votre faute.

Bizarrement, elle se sentait un peu revigorée.

— Si, c'est de ma faute parce que je suis romain. Mais, s'il vous plaît, donnez-nous une nouvelle chance, à moi et à ma ville !

— A votre avis, est-ce que je devrais faire une déclaration à la police ? Vous croyez que ça servirait à quelque chose ?

Son sauveur eut une moue ironique.

— Les carabiniers ? Ne me faites pas rire ! Ils ne lèveront pas le petit doigt. Les gitans de Rome sont exceptionnellement bien organisés. D'ailleurs, dans ce pays, la seule loi qui soit observée, c'est la loi de la famille. Pourquoi ? Tout simplement parce qu'il n'y en a pas d'autre, la loi n'existe pas. Mais enfin, tout n'est pas mauvais, ici. On mange bien et le climat est agréable.

Le moral de Lizzie était remonté d'un cran. Elle fut enfin capable de regarder vraiment ce jeune homme qui était venu à sa rescousse. Il était grand et mince, avec un beau visage fier, des yeux noirs et des lèvres pleines. Elle vit qu'il la dévisageait lui aussi, comme à son insu ; mais, de toute évidence, elle semblait lui plaire. Elle eut la curieuse impression que jamais personne n'avait examiné ses traits avec autant de sérieux. Il semblait tenter de voir à l'intérieur de son visage des choses qu'elle était incapable d'y voir elle-même.

Lorsqu'il eut terminé son inspection, il lui tendit la main en se présentant :

— Massimiliano Caracci. Et vous, comment vous appelez-vous ?

— Lizzie Orman.

Il s'inclina légèrement et reprit :

— Li, je regrette vraiment toutes les mésaventures qui vous sont arrivées ici.

Lizzie trouva le diminutif qu'il venait d'employer très mignon.

— Mais non, tout est de ma faute, le rassura-t-elle. C'est moi qui suis une trouillarde, et une pleurnicharde, en plus !

Elle prononça ces derniers mots avec une coquetterie évidente, car elle savait, pertinemment que ces deux qualificatifs ne lui correspondaient pas. De plus, avec ses longs cheveux blonds et le regard clair des filles du Middle West, elle était généralement appréciée de la gent masculine.

Son nouvel ami la regarda droit dans les yeux.

— Vous allez peut-être me trouver grossier, mais j'aimerais beaucoup vous tenir encore par le bras pour vous aider à traverser les rues de Rome. Pourrions-nous nous revoir ?

Plus tard, Lizzie repensa souvent à ce soir de décembre et à leur première rencontre. Elle revoyait alors le ciel violet qui commençait à s'assombrir, elle entendait pétarader les scooters, elle sentait l'odeur de l'huile de cuisson qui s'échappait des immeubles.

Par la suite, elle se répéta souvent que si elle n'avait pas ainsi perdu son sang-froid, que si tous les événements de la journée ne s'étaient pas ligués contre elle, que si elle ne s'était pas sentie si seule et abandonnée à l'approche de Noël, elle eût peut-être remercié poliment ce Massimiliano Caracci et elle serait rentrée chez elle. Car, finalement, on ne faisait pas confiance à des étrangers, surtout si loin de chez soi, dans un curieux pays dont on ne connaissait pas très bien la langue.

Cependant, même si elle avait été en pleine possession de ses moyens à ce moment-là, elle aurait révélé à cet étranger qu'elle était étudiante à l'Istituto de Restauro.

Lorsqu'elle le lui apprit, Massi la regarda avec des yeux agrandis et pleins d'heureuse surprise :

— Ah, vous aimez l'art, exactement comme moi ! Moi, je prends des cours au Giuliocesare ! C'est le destin qui nous réunit !

Elle lui aurait également confié que, non, elle ne connaissait pratiquement personne à Rome, et que, oui, elle serait contente d'aller dîner avec lui le vendredi suivant.

En ajoutant vivement, comme pour se reprendre, car les choses allaient trop vite :

— Mais je ne vous connais pas, Massi !

Le jeune homme parut un peu contrarié et étonné par sa réponse :

— Mais justement, je vous donne l'occasion de me connaître ! Impossible de manquer une occasion pareille... Bien : en scooter ou à pied ?

— Pardon ?

— En scooter ou à pied ? Je vous raccompagne en scooter ou préférez-vous marcher ?

Ils avancèrent ensemble jusqu'à la via dei Pettinari. La jeune fille se sentait un peu nerveuse à l'idée de montrer à un inconnu l'endroit où elle habitait, mais son anxiété s'évanouit rapidement.

— Vous n'imaginiez tout de même pas que j'allais grimper sur un scooter ! s'écria-t-elle.

Son compagnon se contenta de répondre avec une grimace :

— C'est comme pour le reste, il faut d'abord essayer avant de dire non.

Pendant leur promenade, elle lui jeta des regards furtifs. Ainsi vu de profil, le jeune homme ressemblait furieusement à un personnage de la fin du dix-neuvième siècle.

— Qu'est-ce que c'est que le Giuliocesare ?

Elle apprit qu'il s'agissait d'une faculté où il terminait sa dernière année. Comme dans la plupart des facultés, l'enseignement était dispensé gratuitement pour les Italiens.

— On peut dire ce qu'on veut sur l'Italie, mais l'Etat a du bon quand même.

— Vous habitez dans un foyer d'étudiants ? s'enquit Lizzie.

Massi sembla surpris par sa question :

— Non, je vis chez mes parents, bien sûr.

Ils étaient arrivés devant chez elle.

— Je ne vous remercierai jamais assez, prononça-t-elle en italien. Vraiment.

Le jeune homme sourit :

— Dites-le encore.

Lizzie s'exécuta et il sourit de plus belle.

— J'adore, remarqua-t-il.

— Qu'est-ce que vous adorez ?

— J'adore vous entendre faire de petites fautes en italien. Mais ne vous vexez pas ! C'est normal, quand vous me parlez en italien, vous traduisez. Et quand je vous parle en anglais, c'est moi qui traduis.

Il la regarda avec une tristesse feinte, puis son visage s'éclaira :

— Mais peut-être qu'un jour nous arriverons à nous parler sans traduire, et alors, ce sera comme ça ! dit-il en émettant une sorte de sifflement avec ses lèvres.

— Donc, on se revoit vendredi, d'accord ? abrégea Lizzie, soudain embarrassée.

— A vendredi.

Massi serra la main de Lizzie de cette manière comique commune à beaucoup d'Européens : en l'agitant de haut en bas.

Puis il tourna les talons et s'éloigna.

Cette semaine-là, à l'Institut, on les entraîna à copier des œuvres à différentes échelles, un processus qui exigeait des grilles et des règles. Il s'agissait d'un travail minutieux et précis, demandant une concentration de tous les instants. Pourtant, malgré cela, Lizzie ne parvenait pas à chasser de son esprit l'image de son nouvel ami. Impatiente de voir arriver la fin de la semaine, elle comptait les jours.

Mais le vendredi après-midi, son professeur sembla prendre un malin plaisir à retarder l'heure de la sortie. Il examina son travail, les sourcils froncés, et le lui rendit en annonçant d'un ton sans réplique :

— Ce n'est pas bon. Vous ne partirez pas avant d'avoir réussi.

Pendant quatre heures, bien après le départ de ses condisciples, Lizzie copia et recopia la partie triangulaire d'un tableau du Tintoret jusqu'au moment où elle-même et son professeur furent satisfaits.

En arrivant dans sa rue, elle trouva Massi qui l'attendait devant la porte de l'immeuble, l'air renfrogné.

— Alors comme ça, vous me faites attendre ? C'est votre travail ? Ah bon ? Il passe avant moi, c'est ça ? lui reprocha-t-il d'un ton aigre. Ou alors, vous avez rencontré quelqu'un d'autre ? Un autre garçon ?

Croyant qu'il plaisantait, Lizzie s'abstint de répondre. Mais il répéta sa question et elle comprit qu'il était sérieux.

— Oh, je ne connais pas tant de garçons que ça, à Rome. Vous êtes le seul.

Elle se sentit vaguement flattée en constatant que Massi semblait satisfait et soulagé de sa réponse.

— Vous vous rappelez, la dernière fois, nous avons hésité entre le scooter et la marche à pied ?

Lizzie hocha la tête.

— Eh bien, l'autre fois, nous avons marché, c'est au tour du scooter, aujourd'hui.

Massi la conduisit jusqu'à une Vespa noire qui brillait de tous ses feux et lui enjoignit de grimper derrière lui.

— Vous n'allez tout de même pas me demander de monter là-dessus ? s'inquiéta-t-elle.

Massi s'impatienta :

— Allez, grimpe. Cramponne-toi à mon dos. Je suis très prudent. Rapide, mais prudent.

Le restaurant était situé dans le vieux quartier juif, à moins de deux kilomètres. Lizzie trembla comme une feuille pendant tout leur périple à travers les ruelles trempées de pluie. Mais en dépit de sa peur, elle ressentait une sorte d'ivresse, blottie contre son conducteur dont elle sentait le cœur battre sous sa main.

Dix minutes plus tard, Massi s'arrêta devant une petite trattoria.

L'adolescente descendit de l'engin et lutta pour reprendre son équilibre.

— Il est encore un peu tôt, non ? s'enquit-elle, instruite par l'expérience.

Depuis son arrivée dans ce pays, elle avait souvent faim aux mauvaises heures, le repas du soir ne se prenant jamais avant huit heures.

Une pancarte suspendue à la porte indiquait : *Chiuso*. Fermé. Mais Massi frappa quelques coups.

Au bout d'un instant, un homme d'âge moyen entrebâilla le battant. A la vue du jeune homme, il l'ouvrit en grand.

— Je savais qu'une Américaine comme vous mourrait déjà de faim à cette heure, expliqua Massi. C'est pourquoi j'ai demandé à mon copain de nous faire à dîner plus tôt.

Ce fut le meilleur repas de sa vie : une épaisse soupe de haricots, spécialité de Toscane, suivie par des cœurs d'artichauts frits, puis d'un risotto à la citrouille ; en dessert, la jeune fille se régala de *palle di nonno*, des feuilletés à la crème fourrés de ricotta sucrée mélangée à des copeaux de chocolat.

— Qu'est-ce que ça veut dire, *palle di nonno* ? demanda naïvement Lizzie.

Massi lui jeta un regard grave et dit en hochant plusieurs fois la tête :

— Hum... j'ai bien peur que ça ne signifie « couilles de grand-père ».

Prudente, elle s'abstint de tout commentaire. Cependant, mise en verve par le vin rouge, elle éprouva le besoin de se livrer à Massi, de lui confier son ambition de devenir peintre, de lui parler de ses frères et sœurs, de sa famille du Middle West. Elle ne put s'empêcher de faire la comparaison entre ce jeune homme et ses anciens copains de lycée et d'université, ces garçons avec qui elle était sortie. Oui, ce n'étaient effectivement que des garçons instables et changeants, pressés de la mettre dans leur lit, partagés entre leur attirance envers elle et la crainte de tomber amoureux. Pour eux, la conversation équivalait à une perte de temps. Soucieux de se débarrasser au plus tôt du passage obligé des études, ils se dépêchaient d'en finir pour pouvoir se dispenser ensuite de réfléchir, de s'interroger ou de risquer d'avoir une opinion. Ces garçons considéraient que le fait de parler constituait un obstacle à l'amour et non pas un moyen de connaître et d'apprécier son partenaire.

Tandis qu'avec Massi, c'était tout autre chose... Il l'écoutait avec attention, il la dévorait des yeux, il remplissait son verre lorsqu'il était vide, il percevait son émotion lorsqu'elle évoquait sa famille.

A un moment donné, il avança sa main pour enlever une petite miette qui s'était collée contre sa lèvre. Au contact de son doigt contre sa peau, elle ressentit une faiblesse au creux de son estomac. Il insista ensuite pour lui faire prendre une bouchée sur sa propre fourchette, puis une cuillerée de son dessert.

Elle le regarda, fascinée. Quelle différence avec

le comportement de ses compatriotes ! L'évidence lui sauta aux yeux : les Américains avaient peur des femmes, et leur gaucherie faisait ressortir la parfaite aisance des Latins.

Elle était entièrement sous le charme de ce jeune Italien qui, lui apprit-il, avait grandi à Rome dans une famille ni riche ni pauvre. Son père étant pris par son travail, c'était sa mère qui s'était chargée principalement de son éducation. Il parlait de celle-ci avec une dévotion touchante :

— Ma mère, elle est vraiment incroyable. C'est un tout petit bout de femme, mais d'une force étonnante.

En revanche, il parla de son père avec une certaine réticence, voire un certain ressentiment :

— Il n'est pas très gentil avec ma mère. Il a d'autres femmes, tu vois ce que je veux dire ? Mais enfin, il travaille dur pour nous, pour sa famille. Il est bien.

Parmi les qualités qu'elle découvrit chez Massi, elle nota sa culture. Il était en mesure d'aborder tous les sujets : l'opéra, la politique, l'économic, le théâtre, les sciences, la littérature, l'histoire et, bien sûr, la peinture et les peintres. Même si ses études étaient gratuites, cela ne l'empêchait pas de travailler via Marguta dans une galerie d'art spécialisée dans l'art moderne, qu'il détestait.

— Ils se prétendent des artistes, mais leur art, c'est de se contenter de balancer des couleurs sur une toile. De temps en temps, tu as des couleurs qui tiennent dessus, c'est ce qu'ils appellent un tableau, commenta-t-il avec mépris. Un jour, je serai marchand d'art. Je n'ai pas assez de talent pour devenir peintre, mais j'ai toujours eu l'œil pour distinguer ce qui était bon de ce qui ne l'était pas. J'apprends. Ce qu'on ne m'apprend pas, je l'apprends tout seul. Comme un autodidacte. Enfin... si un jour ça marche pour moi, ce sera bien. Si ça ne marche pas, eh bien, tant pis, remarqua-t-il en riant. Je me débrouillerai autrement. J'aimerais faire des tas de choses avant de me fixer et d'avoir un boulot, tu comprends ?

Elle eut beau protester, il insista pour payer la note. Plus tard, en la déposant devant chez elle, il murmura en plongeant ses yeux noirs dans les siens :

— Je veux te revoir encore, et encore, et encore. Je veux te garder en tête toute la journée. Comme ça, je ne serai pas séparé de toi.

Lizzie lui rendit son regard. C'était la première fois qu'elle ressentait une telle attirance pour un garçon. Un vague pressentiment lui faisait craindre un danger. Elle avait l'impression confuse de se trouver au bord de quelque précipice qui risquait de la happer si elle regardait au fond. Tout lui plaisait en ce jeune homme : son physique, sa façon de parler, sa façon de bouger, sa façon de regarder la vie. L'intensité de ses sentiments pour lui la surprit.

— Moi aussi, j'ai envie d'être avec toi, Massi, lui répondit-elle simplement.

Puis elle se détourna et rentra chez elle.

Pendant les mois qui suivirent, les deux jeunes gens furent pratiquement inséparables.

Comme la plupart de ses compatriotes, Massi était fier de sa ville et il eut à cœur de faire découvrir à la jeune étrangère les endroits de Rome généralement ignorés des touristes. Pour leur première excursion, elle vint munie d'une carte, qu'il déposa au sommet d'une poubelle sans autre forme de procès.

— Les cartes, c'est fait pour les idiots et les touristes, jeta-t-il, méprisant. Rome préfère cacher ses secrets, elle veut les garder pour elle. Comme les huîtres qui cachent leur perle. C'est ça, l'Italie.

En conséquence, au lieu de l'emmener visiter les sites touristiques qu'elle avait d'ailleurs déjà vus pour la plupart, Massi lui fit découvrir des trésors cachés.

Il commença par l'église Sant'Augusto, où il la conduisit dans une crypte.

— Tu vois, cette église, c'est l'huître, dit-il. Et là, ajouta-t-il aussitôt en pointant le doigt vers une peinture du Caravage accrochée tout au fond, sur un pan de mur, tu as ta perle.

Sur le Palatin, piazza dei Cavalieri di Malta, Massi lui en dévoila une autre : un minuscule trou percé dans le mur, à travers lequel on jouissait d'une large vue sur la cathédrale Saint-Paul.

Par un après-midi pluvieux, il l'emmena via Marguta et lui fit visiter la galerie où il travaillait.

— Tu vois, c'est ici, dans cette rue, que j'aurai ma galerie, plus tard, lui annonça-t-il, péremptoire. Je serai très heureux, je conduirai une Lancia ou une Alfa Romeo. Et j'aurai un accès libre aux jardins du Vatican.

Massi lui expliqua que les jardins du Vatican étaient fermés au public, et que seul le pape et son cercle intime, ainsi que les dignitaires locaux en tout genre, étaient autorisés à y pénétrer.

— On dit que ce sont les plus beaux jardins de tout Rome. Un jour, je pourrai m'y promener, tu verras.

Avisant un petit marché aux fruits, il la prit par la main :

— Viens. Je parie que tu n'as jamais mangé d'oranges sanguines.

Entre autres délices, Massi tenait aussi à lui faire découvrir les spécialités gastronomiques. Donatella lui avait déjà fait goûter l'anisette et le tiramisu, ainsi que des calamars, dont Lizzie s'aperçut avec étonnement qu'ils étaient goûteux.

Massi était lui-même un fin cuisinier, et il prenait plaisir à lui préparer des repas. Quinze jours après leur première rencontre, alors que Donatella passait le week-end à Milan avec son copain, le jeune homme s'invita dans l'appartement de Lizzie. Aussitôt, il se mit aux fourneaux.

Il commença par plonger plusieurs têtes de brocoli dans l'eau bouillante. Séparément, il fit revenir de petits morceaux d'ail dans l'huile d'olive, puis il les retira du feu.

— C'est uniquement pour parfumer, expliqua-t-il.

Il introduisit ensuite des anchois dans l'huile chaude et les laissa fondre en ajoutant un peu de piment au mélange. Lorsque les brocolis furent cuits, il les égoutta dans une passoire et versa un paquet de pâtes fraîches dans l'eau bouillante. Une fois les pâtes *al dente*, il mélangea le tout et le versa dans un récipient préalablement chauffé.

Lizzie lui demanda s'il avait ajouté du parmesan. Haussant les épaules, il lui répondit d'un ton grave :

— Li, on ne met jamais de parmesan dans cette recette.

Après le repas, ils s'installèrent sur le vieux canapé dur et inconfortable que Donatella avait trouvé dans un marché aux puces. Massi serra la jeune fille contre lui et ses lèvres douces trouvèrent les siennes. Nichée au creux de ses bras, Lizzie lui rendit son baiser.

En s'écartant, elle lui dit en plaisantant :

— Tes lèvres sont moelleuses comme des oreillers.

— Je n'y peux rien ! répondit-il avec le plus grand sérieux.

L'adolescente éclata de rire.

— Mais tu sais, j'adore les oreillers !

Pour le rassurer, elle lui donna un nouveau baiser.

Peu à peu, le désir l'enflamma et elle se lova contre le corps à la fois si doux et si dur de Massi, qui s'adaptait parfaitement au sien. Elle regarda son visage au-dessus d'elle et se serra encore plus fort, jusqu'à se fondre entièrement en lui.

La nuit froide d'octobre s'infiltrait par les carreaux. Frissonnante, elle se blottit contre le jeune homme. Sa nudité exposée avait pour elle quelque chose de familier. Rome était une ville où les statues d'hommes et de femmes nus remplissaient les places et les musées, et elle était habituée à la beauté des deux sexes.

Massi, collé contre son dos, lui murmura d'une voix ensommeillée :

— Tu vois, pour ça, on se comprend parfaitement. Pas besoin de traduire.

— C'est vrai, répondit-elle.

Soudain, il se tourna vers elle.

— Li ?

— Oui ?

— Je vous aime.

Lizzie ne put s'empêcher d'émettre un petit rire.

— Tu me vouvoies, maintenant ?

— Non, mais comme ça, ma déclaration est plus officielle.

Après quelques instants de silence, elle répondit :

— Moi aussi, je vous aime... Et j'espère qu'un jour, nous pourrons nous promener ensemble dans les jardins du Vatican.

Massi la prit dans ses bras.

— Patience, ce n'est qu'une question de temps. Avant, on va se marier, et tu seras la mère de nos enfants. Ils seront magnifiques.

— Comment s'appelleront-ils ? demanda-t-elle, ravie de ce jeu.

— Hum... fit Massi en se caressant le menton. Je dirais que si on a un garçon, ce sera Flavio. Ou Ulysse.

— Ulysse ? répéta-t-elle en riant. Tu veux dire, comme Ulysse, de *l'Odyssée* ?

— Oui ! confirma-t-il en joignant son rire au sien. Et quand il sera grand, il deviendra un grand explorateur.

— Je crois que ces noms ne me plaisent pas trop. Ni l'un ni l'autre.

— Comment tu veux l'appeler ? Jeff, ou Bob, ou Danny ?

Son accent américain la fit rire.

— Et pour une petite fille, poursuivit-il, j'ai toujours adoré Graziella.

— Moi aussi, j'adore ce prénom, murmura Lizzie. Dis... Quand est-ce que tu m'emmènes chez toi ?

Elle le sentit faire la grimace dans l'obscurité.

— Bientôt, bientôt, répondit-il avec une légère impatience dans la voix. Un de ces jours.

Pendant les semaines suivantes, Lizzie et Massi s'adonnèrent principalement à une seule activité : ils firent l'amour. Mais toujours chez elle, dans le petit lit qui, le jour, offrait une vue triangulaire sur le ciel gris, et, la nuit, un triangle d'étoiles. Donatella passait pratiquement toutes les fins de semaines à Milan, ce qui leur permettait d'avoir l'appartement de la via dei Pettinari pour eux.

Lizzie avait eu plusieurs amourettes aux Etats-Unis, mais jamais elle n'avait été aussi amoureuse, aussi consumée de désir. Le seul point noir était la jalousie de Massi.

— Où as-tu appris ça ? lui demanda-t-il un jour, après des échanges particulièrement ardents.

La question la prit par surprise.

— Eh bien... ça m'est venu comme ça, tout simplement. Pour toi. Tu m'inspires, c'est tout.

Devant son silence, elle s'inquiéta :

— Que se passe-t-il ?

Il mit longtemps avant de répondre. Finalement, il avoua :

— Je n'arrive pas à supporter l'idée que tu fasses la même chose avec quelqu'un d'autre.

Lizzie se blottit contre lui en lui assurant que jamais, au grand jamais, elle n'avait eu envie de faire l'amour avec un autre ; mais le jeune homme ne put se débarrasser de sa morosité.

Un vendredi après-midi, elle alla le chercher après ses cours au Giuliocesare.

— Ce soir, lui déclara-t-il en s'inclinant poliment, tu me feras l'honneur de venir dîner chez moi.

Donatella avait prévenu Lizzie contre les hommes et leurs familles.

« Notre société n'est pas vraiment fondée sur le machisme, l'avait-elle avertie. Elle est fondée sur ce que nous appelons le *mammismo*.

— C'est quoi, le *mammismo* ? s'était étonnée la jeune Américaine, s'attirant un regard à la fois amusé et plein de feinte pitié.

— C'est exactement ce que tu crois. La *mamma*, c'est la reine, en Italie. Elle est à la fois le père et la mère. Son fils tremble à l'idée de la fâcher. »

Ce soir-là, Donatella l'aida à choisir ses vêtements. Lizzie fut étonnée de la voir étaler sur le lit sa robe la moins jolie.

— C'est exactement ce qu'il nous faut, déclarat-elle en riant. Fais-moi confiance, tu ne dois pas paraître trop belle.

— Pourquoi ?

Mais Donatella se contenta de rire sans répondre.

Massi vint la prendre en Vespa, et ils entreprirent un long voyage jusqu'à Fiumicino, un faubourg de la ville situé près de l'aéroport. C'était un quartier pauvre, où les ruelles en pente pleines d'ornières étaient bordées par des immeubles vétustes et crasseux, et où le linge séchait, suspendu au-dessus des têtes.

Ils gravirent les quatre étages qui menaient à l'appartement des parents de Massi dans un silence tendu. Avant d'appuyer sur la sonnette, le jeune homme lui toucha brièvement l'épaule pour lui manifester sa tendresse. Ce fut la dernière fois qu'il la toucha ce soir-là.

Trop occupée à faire bonne impression, Lizzie ne nota pas grand-chose du décor. Les détails de cette soirée se confondirent en une unique image : la mère de Massi, petite et autoritaire, et sa poignée de main étonnamment vigoureuse ; le père de Massi, non moins petit mais voûté, qu'elle n'entendit pas prononcer deux mots, mais qui, en revanche, lorgnait sans relâche en direction des images en noir et blanc que faisait défiler la télévision trônant dans un coin de la salle à manger ; la cuisine simple mais délicieuse.

Tous ces détails s'effacèrent rapidement de son esprit. Mais ce qu'elle garda en mémoire, ce fut l'attitude de Massi qui, après l'avoir présentée comme une étudiante américaine, ne lui accorda pas un regard de toute la soirée. Une étudiante américaine. Pas sa petite amie, pas sa maîtresse, pas même son amie.

Lorsqu'ils se retrouvèrent devant l'immeuble après ce mémorable dîner, Lizzie, furieuse, lui annonça son intention de rentrer à pied et s'éloigna au pas de charge.

— Qu'est-ce qui te prend ? Tu es fâchée ? cria le jeune homme. Pourquoi ?

L'adolescente pivota sur elle-même.

— Pourquoi ? Alors comme ça, je ne suis qu'une étudiante américaine ? Une fille que tu as rencontrée par hasard ? C'est tout ce que je suis pour toi ?

— Tu ne comprends pas, répliqua-t-il. Il faut faire très attention. Ici, il y a certaines règles à observer...

Elle ne lui laissa pas le temps de terminer.

— Tu as honte de moi, c'est ça ?

Massi lui prit les deux bras, mais elle se libéra.

— Ecoute-moi, dit-il d'une voix forte. Tu es la seule fille que j'ai jamais aimée. La seule. Je veux passer toute ma vie avec toi. Toutes mes journées, toutes mes nuits.

Il s'arrêta, puis reprit plus calmement :

— D'ici un mois, l'été sera là. Je n'aurai pas cours, et toi non plus. J'ai mis un peu d'argent de côté, pas beaucoup, mais un peu. Est-ce que tu veux que je t'emmène faire un petit tour à travers le pays ?

Les parents de Lizzie espéraient la voir passer l'été dans le Wisconsin. Elle avait reçu plusieurs lettres lui répétant que son ancienne chambre l'attendait, et que son père était prêt à lui payer le voyage. Soudain, elle ne put supporter l'idée de passer un nouvel été dans l'univers étriqué du Middle West, trois nouveaux mois dans cette agence immobilière où les conversations avec ses collègues féminines se limitaient aux détails de leur vie domestique. Elle imagina sa chambre et comprit avec une grande inquiétude qu'elle ne convenait plus à la fille qu'elle était devenue. De plus, l'idée de ne pas voir Massi pendant trois mois était impensable.

— J'irai n'importe où avec toi, lui répondit-elle.

Massi avait réussi à emprunter une voiture à son frère aîné, une vieille Fiat verte. Ils quittèrent la capitale par une chaude après-midi de juin.

Après un bref détour vers le sud pour visiter le festival de Marino, où le vin coulait à flots de la fontaine de la place, ils mirent le cap sur le nord, d'abord vers Todi, puis vers Sienne.

Il s'avéra que les connaissances de Massi ne se limitaient pas à Rome, mais qu'il était également intarissable sur les autres villes.

— N'oublie pas qu'il n'y a que cent soixante ans que nous sommes un pays unifié. Il existe une grande différence entre le Nord et le Sud, exactement comme aux Etats-Unis.

— Les peuples ont besoin d'avoir des ennemis, c'est la nature humaine, fit remarquer Lizzie en italien.

A présent, elle maîtrisait suffisamment la langue pour pouvoir l'utiliser presque exclusivement avec Massi. Depuis peu, il lui arrivait même de rêver en italien.

De plus en plus, elle se sentait adoptée par son pays d'accueil, de même qu'elle en adoptait peu à peu les us et coutumes. Par exemple, elle avait noté qu'elle accordait davantage d'importance à son apparence. Durant ses premiers mois à Rome, elle avait été frappée par le grand soin que prenait Donatella de sa tenue. Sa colocataire enfilait une jupe étroite et seyante et mettait des talons hauts même lorsqu'il ne s'agissait que de faire un saut à l'épicerie ou au tabac pour acheter des timbres. Donatella lui avait expliqué qu'en Italie, on jugeait les gens sur leur mine, même si ce jugement était injuste.

« Par exemple, tu sais à quel point nous aimons manger. A ce train-là, nous devrions tous être obèscs. Mais est-ce que tu as vu une personne obèse depuis que tu es arrivée ? »

Lizzie avait dû reconnaître que ce n'était pas le cas.

« C'est que nous faisons attention. C'est la même chose pour les vêtements. Malgré tout ce qu'on peut raconter en Amérique sur la *dolce vita* qu'on mène ici, nous sommes un pays très à cheval sur les traditions, très structuré. Les hommes ont leur uniforme, et les femmes aussi. »

Depuis cette conversation, Lizzie faisait un effort pour être pimpante en n'importe quelle occasion, ce qui ravissait Massi. Je deviens rétro, se disait-elle, mais le plus drôle, c'est que ça me plaît.

Il n'avait pas été très facile d'informer ses parents de sa décision de rester en Italie pour l'été.

— Comment s'appelle ce garçon ? lui avait demandé son père presque immédiatement.

Elle avait commencé par protester, puis avait fini par avouer :

— D'accord, il s'appelle Massi.

— Et il est gentil avec toi ?

— Oui, très.

— S'il ne l'était pas, est-ce que tu me le dirais ?

— Oui, papa, je te le dirais.

Après une seconde d'hésitation, son père lui avait recommandé :

— Sois prudente, ma chérie, s'il te plaît.

Trois jours plus tard, elle avait reçu une enveloppe que son père avait adressée au bureau de l'American Express ; le pli contenait un chèque de cinq cents dollars, ainsi qu'une courte lettre :

Chère Lizzie,

Je sais que ce n'est pas drôle de se retrouver à l'étranger sans argent. C'est ce que j'ai vécu moi-même pendant la guerre de Corée ! J'espère que ceci va t'aider à passer un bon été. Tu nous manques, mais nous comprenons.

Baisers
Papa.

PS : Transmets mes amitiés à ton ami Massi. Puisque tu l'aimes, je suis sûr que c'est quelqu'un de bien.

PS : Il a intérêt !

Au début de leur voyage, les deux jeunes gens mirent leur argent en commun en se fixant un montant quotidien, incluant l'essence. Massi insista pour se charger de leur itinéraire. Ils passèrent les nuits dans des hôtels bon marché ou chez des amis de faculté de Massi. Ils quittèrent néanmoins l'appartement d'un petit-cousin plus tôt que prévu.

— Je n'aime pas la façon dont il te regarde, se justifia Massi.

— Je n'ai fait que lui parler ! protesta Lizzie, à la fois exaspérée et flattée par la jalousie de son ami.

A Florence, ils pique-niquèrent dans les jardins Boboli et passèrent de longues journées à se promener à travers les musées et les places de la ville.

Devant le *David*, Massi murmura :

— Tu sais que Michel-Ange était convaincu que les personnages qu'il sculptait se trouvaient déjà dans les blocs de pierre, et qu'ils l'attendaient avec son burin, pour qu'il leur prête vie ?

A propos de Renoir, il lui dit :

— Renoir détestait le mot « chair ». Il pensait qu'il évoquait trop la viande. Il préférait que les critiques parlent de lui en disant qu'il peignait la « peau ». Et c'est vraiment ce qu'il a fait, il a peint la peau, mieux que personne.

A la fin de la journée, Lizzie se plaignit d'être fatiguée et d'avoir le vertige. Le jeune homme en fut enchanté :

— Tu as le syndrome de Stendhal ! s'écria-t-il.

Et il lui expliqua que le syndrome de Stendhal était un malaise atteignant une personne qui voit trop d'objets d'art et à un rythme trop rapide.

— On va rentrer à l'hôtel et je vais t'attendre, roulé à tes pieds.

Lizzie le regarda.

— Je vous aime, Massi, dit-elle d'une voix douce.

C'était leur plaisanterie favorite, mais, en même temps, c'était la phrase la plus vraie qui pût exister.

— Non, c'est moi qui vous aime, Li.

A Venise, Massi lui montra le pont des Soupirs et ses fameuses chambres de torture, cachées juste en dessous. Ils burent des Campari au Harry's Bar, et Lizzie passa une après-midi entière à dessiner les pigeons de la place Saint-Marc. Ils occupèrent leur dernière journée à visiter la somptueuse cathédrale Santa Maria Assunta à Torcello, et, sur le chemin du retour, ils s'arrêtèrent sur les petites îles de Murano et Burano, avant de prendre un vaporetto pour le Lido. Là, ils se promenèrent sur les plages de sable en face du grand hôtel où Thomas Mann avait écrit *Mort à Venise*.

De retour à Rome, ils reprirent les cours. Comme ils restaient séparés pendant la journée, Massi redoublait d'attentions vis-à-vis de la jeune femme. Lizzie en était flattée, mais par moments, il lui arrivait de trouver sa sollicitude pesante. Pas une seule fois il ne lui avait permis de payer les achats ni un repas au restaurant.

De plus, elle devait prendre bien garde à ne pas mentionner le nom d'anciens petits amis devant lui. A plusieurs reprises, il lui avait fait la surprise de l'attendre à la sortie de l'Institut. Un jour, la voyant parler avec un étudiant, il avait froncé les sourcils, l'air sombre, et elle avait passé le reste de l'après-midi à lui expliquer que cet étudiant n'était qu'un copain et rien d'autre. L'indépendance de l'adolescente semblait claire à Massi, mais en même temps il voulait la contrôler, voire la supprimer.

« Qu'est-ce que tu veux que je te dise ? avait répondu Donatella, interrogée par Lizzie sur le sujet. C'est le mâle italien typique. Cela présente des avantages et des inconvénients. »

Lorsqu'elle était à l'Institut, la jeune Américaine mettait ces pensées de côté. A présent, elle était familiarisée avec les techniques de restauration. Elle avait ouvert de grands yeux la première fois qu'elle avait vu la panoplie d'instruments utilisée par les restaurateurs. Toute cette batterie de scalpels, de microscopes et de seringues lui aurait paru plus à sa place dans le cabinet d'un chirurgien. Désormais, ces instruments lui étaient aussi chers que de vieux amis.

Elle avait appris les bases de l'art de la retouche ; comment assembler les couleurs et rester entre les lignes. Comme il était d'usage, elle avait commencé avec une palette d'aquarelle avant que ses professeurs l'autorisent à utiliser l'huile. A présent, elle était suffisamment sûre de sa technique pour que ses instructeurs lui confient des travaux au Palatin et au Forum.

Là-bas, elle participait à la consolidation des plafonds à caissons en pierre qui s'écroulaient sous l'effet de l'âge. Le travail consistait à vérifier la présence de poches d'air éventuelles en tapant sur les pierres, puis à injecter un adhésif laiteux à l'intérieur de celles-ci.

Massi, extrêmement intéressé, saisissait toutes les occasions de venir la voir travailler.

— C'est extraordinaire, tu contribues à la beauté de Rome ! Une partie de ton œuvre restera ici pour toujours.

Lizzie se contentait de hausser les épaules :

— Ce n'est pas si difficile que ça paraît. Ne sois pas si mélodramatique, s'il te plaît !

Six mois plus tard, ses professeurs lui confièrent le nettoyage de sa première toile.

Celle-ci était l'œuvre d'un peintre flamand connu, Frans Hals. De dimensions importantes, un mètre sur un mètre quatre-vingts, c'était le portrait d'un pontife drapé dans une cape rouge et trônant sur un fauteuil, dans un jardin. Le professeur de la jeune fille lui avait recommandé de se limiter au nettoyage du ciel et des nuages qui formaient l'arrière-plan. Ailleurs les vernis étaient trop fragiles pour qu'elle pût y toucher. Pendant quelque temps, Lizzie s'en tint à ce qu'on lui avait recommandé de faire. Scrupuleusement, elle humidifiait un coton avec sa langue et gommait avec précaution la crasse et les effets de l'âge. Ses instructeurs ne juraient que par ce produit de nettoyage rudimentaire qu'elle avait quelque peine à accepter, mais, d'évidence, cela restait l'un des moyens les plus efficaces en la matière.

« La tension de surface est excellente, les propriétés enzymatiques sont parfaites, aimaient-ils répéter. Particulièrement après un repas où vous avez un peu forcé sur le vin ! »

L'une des règles de base était de travailler aussi souvent que possible à la lumière naturelle. La première chose que fit donc Lizzie, ce matin-là, fut d'aller remonter le store afin de laisser entrer la lumière de la rue. Mais, en traversant la pièce, elle éprouva une étrange sensation de vertige qui la contraignit à s'appuyer contre la table pour garder l'équilibre. Ce n'était pas la première fois que ce malaise se produisait. Depuis une quinzaine de jours, elle se sentait faible à certains moments de la journée, et, curieusement, elle était affamée en permanence. Deux heures après un repas, elle était de nouveau tiraillée par la faim.

Elle décida que, si elle avait le vertige, c'était parce qu'elle avait sauté son petit déjeuner. Sans plus y accorder d'attention, elle se mit à la tâche.

Elle passa la semaine entière à travailler sur le ciel et les nuages, et, chaque jour, elle nota un progrès. Lorsqu'elle eut fini, elle regarda son œuvre d'un œil satisfait, certaine qu'elle ressemblait au ciel et aux nuages peints par Frans Hals.

Elle termina sa besogne en quinze jours, bien plus tôt que prévu. Ce fut alors qu'une idée lui traversa l'esprit. Pourquoi ne pas nettoyer le reste du tableau ? Sans doute quelqu'un d'autre se verrait-il confier le travail : le pape, sa robe rouge, son imposant fauteuil... Alors pourquoi ne pas faire gagner du temps à cette personne ? Ce n'était pas de la prétention, mais, en toute honnêteté, n'avait-elle pas prouvé qu'elle était douée ?

Lizzie fixa un nouveau morceau de coton au bout d'une broche et entreprit de nettoyer doucement le visage du pape. Oui, elle avait trouvé la technique, c'était ainsi qu'il fallait procéder. Avec délicatesse, elle passa le coton avec de petits mouvements circulaires autour du nez et du menton, éliminant les souillures accumulées près de la bouche. Au tour des yeux, maintenant.

Soudain, elle poussa un cri : la boule de coton avait emporté l'œil gauche du pontife.

Attirés par le bruit, deux de ses professeurs accoururent. Ils ne mirent pas beaucoup de temps à constater le désastre. Catastrophés, ils fusillèrent du regard leur élève, pétrifiée, qui tenait toujours en main le bâton orné de son coton maculé de peinture. Puis ils appelèrent un troisième collègue à la rescousse.

— *Mi dispiace, signori !* ne cessait de répéter Lizzie, désespérée. J'ai voulu...

Elle ne finit pas sa phrase, car elle ne savait au juste ce qu'elle avait voulu. Frimer, tel fut le premier mot qui lui vint à l'esprit. J'ai voulu prouver que je suis la meilleure.

Jamais elle n'oublierait les mots prononcés par son professeur préféré, celui qui lui avait enseigné la technique du nettoyage.

— Quelle imbécile ! J'avais bien dit qu'il ne fallait pas lui confier ce tableau !...

Il lui adressa un regard noir et agita une main d'un geste brusque, comme pour la balayer d'un revers de manche.

Lizzie sortit des locaux en pleurs, sans savoir où elle allait. La sensation de malaise qu'elle éprouvait au creux de l'estomac depuis une quinzaine de jours s'amplifia, et la chaleur romaine, toujours vive malgré l'automne, la privait de ses forces. Elle s'attendait à tomber à tout instant.

Elle n'avait pas été à la hauteur. Elle avait gâché sa chance. On allait la jeter dehors et la renvoyer honteusement chez elle, aux Etats-Unis, et tout cela à cause de sa prétention, de sa désobéissance, de sa stupide fanfaronnade, de son désir de montrer qu'elle était capable de faire mieux que les autres. Elle méritait entièrement son sort, quel qu'il fût.

Seules quelques personnes la virent trébucher et s'affaler sur le trottoir : un vieil homme qui fumait sa pipe, un groupe de cinq ou six adolescents à l'accoutrement plus américain que celui des Américains d'origine, quelques marchands fermant leurs boutiques pour le déjeuner... Ce furent les adolescents qui alertèrent les *carabinieri*, et, deux heures plus tard, en se réveillant dans un lit d'hôpital, Lizzie se demanda où elle se trouvait.

Une infirmière d'âge moyen, assise auprès d'elle, actionnait le tensiomètre fixé au bras gauche de la jeune fille.

— Qu'est-ce qui m'est arrivé ? articula péniblement l'adolescente.

Avec une grande gentillesse, l'infirmière lui expliqua qu'elle s'était trouvée mal dans la rue, qu'elle s'était blessée légèrement au front, que sa tension artérielle avait été dangereusement basse, mais que ça allait mieux maintenant, et que, la grande nouvelle, si elle ne le savait pas encore, c'était qu'elle était enceinte. L'infirmière la regarda, rayonnante :

— De six ou sept semaines. Ça vous fera un bébé pour l'été.

Elle aussi avait eu ses cinq enfants en été, et, heureusement, elle avait pu à chaque fois aller passer les week-end à la montagne, parce que passer ses trois derniers mois de grossesse à Rome pendant l'été, c'était impensable. Abasourdie, Lizzie reçut comme autant de coups de couteau la joie et l'excitation visibles de l'infirmière. Tout s'expliquait : ses vertiges, sa faiblesse, sa fatigue, sa fringale inhabituelle.

La femme lui apporta un téléphone et elle composa le numéro de Massi au Giuliocesare. Une secrétaire répondit, et, au bout de dix minutes, elle entendit la voix haletante de son bien-aimé :

— *Pronto*.

Il parut agréablement surpris de l'avoir au bout du fil en pleine journée, jusqu'au moment où elle lui apprit qu'elle se trouvait dans une salle des urgences de l'hôpital Gemelli.

— Que t'est-il arrivé ? demanda-t-il d'une voix anxieuse.

Lizzie hésita.

— *Sono incinta, Massi,* finit-elle par lui annoncer. L'infirmière m'a dit que le bébé serait là l'été prochain.

Le choc causé par la nouvelle laissa Massi sans voix. Il resta muet si longtemps que, habituée au fonctionnement fantaisiste du téléphone, Lizzie crut qu'ils avaient été coupés. Mais elle entendit à nouveau son souffle.

— Je suis complètement sonné, Li, dit-il enfin. Je ne sais vraiment pas quoi dire.

— Et si tu me félicitais ? lui proposa-t-elle d'une voix légère.

Mais, déjà, il avait raccroché.

C'était inouï. Un bébé, le bébé de Massi, son bébé ! Ils avaient souvent parlé d'enfants, de fonder une famille. Ils avaient prévu que Lizzie resterait à Rome après son diplôme.

Du fond de son lit, elle avait tout le loisir d'imaginer leur vie ensemble. Massi dirigerait une galerie d'art renommée, et elle prendrait quelques années pour élever leur enfant. Ensuite, elle reprendrait son métier en travaillant à mi-temps, et elle ferait des voyages aux Etats-Unis. Leur bébé serait un petit garçon qu'ils appelleraient Flavio ou Ulysse... Non, peut-être pas Ulysse. Ou bien une petite fille qu'ils prénommeraient Graziella.

Mais bientôt, elle se rendit compte qu'elle était en train de rêver. La réalité, ce serait plutôt deux jeunes parents inexpérimentés se débattant au milieu de leurs dettes dans un appartement miteux... Peut-être même seraient-ils obligés de s'installer temporairement chez les parents de Massi. Peut-être valait-il mieux ne pas garder le bébé, après tout, ou l'abandonner pour le faire adopter. Ses pensées s'assombrirent.

Mais que voulait-elle, au juste ? Elle ne le savait pas. Au fond, depuis quelques années, elle passait son temps à se mettre en situation de vulnérabilité et de flou artistique.

Pour commencer, elle se trouvait à l'étranger, dans un pays dont elle ne maîtrisait pas totalement la langue. Ensuite, elle s'était lancée dans des études de restauration : un art, un artisanat et une science étroitement imbriqués, dont elle avait dû apprendre le b.a.-ba depuis le début. Et pour finir, elle avait rencontré un garçon qu'elle aimait plus que tout au monde, mais qui semblait déterminé à avoir la mainmise sur elle. Où se situait-elle, dans tout cela ?

Le soir, rentrée chez elle, elle rappela Massi.

— J'ai déjà un pied dehors, lui dit-il d'une drôle de voix.

Avait-il bu ? Ce n'était pas dans ses habitudes. Ni l'habitude en général, car même si on pouvait se procurer des boissons alcoolisées sans difficulté, l'ivresse était réprouvée en Italie.

— Je t'appellerai en rentrant, et on parlera.

Ce soir-là, pour attendre son appel, elle déclina une invitation de Donatella à un dîner chez des amis. Mais Massi n'appela pas. Le lendemain, sa ligne resta occupée pendant quatre heures d'affilée. Ce ne fut que dans l'après-midi qu'elle parvint à le joindre.

— J'ai absolument besoin de te voir, lui dit-elle.

— J'ai trouvé le nom d'un médecin qui te fera avorter, lui donna-t-il pour toute réponse. Dans le Trastevere.

Sur le moment, Lizzie resta sans voix. Non, effectivement, ce n'était pas le moment d'avoir un enfant, pas avant la fin de leurs études à tous les deux. Mais le fait que Massi eût déjà pris une décision à sa place l'emplissait de colère.

— Tu ne crois pas qu'on devrait d'abord en discuter ensemble ?

Ces mots étaient sortis automatiquement en anglais, comme pour affirmer une identité qu'elle avait mise de côté en arrivant à Rome.

— Tu sais, je suis très perturbée par ce qui nous arrive, poursuivit-elle, et je crois que nous devrions avoir une conversation sérieuse à ce sujet.

Elle entendait la respiration pesante de Massi à l'autre bout du fil.

— Tu me parles anglais, je ne comprends pas très bien, dit-il.

— Il faut qu'on parle tous les deux, répéta-t-elle, revenant à l'italien.

— On parle. Que fait-on d'autre, en ce moment ?

— Je veux dire, de vive voix.

— Très bien ! Où ?

Elle n'était pas habituée à ce ton brusque de sa part. Ils convinrent de se retrouver sur la piazza Navona à quatre heures et demie. Lizzie, arrivée en avance, s'assit près de la fontaine des Quatre-Fleuves. Elle était nerveuse et légèrement nauséeuse. Elle ressentit un énorme soulagement en apercevant Massi.

Ils s'embrassèrent, mais l'adolescente trouva le baiser de son compagnon dénué de tendresse. Les traits de son visage étaient fermés et il paraissait d'humeur morose.

Pendant quelques minutes, évitant le sujet qui les avait amenés à se donner rendez-vous à cet endroit, ils échangèrent des propos anodins : la vague de chaleur lourde, la récente décision qu'avait prise Donatella d'aller s'installer à Milan avec son copain, étudiant en médecine. Enfin, Massi ouvrit le débat :

— Alors, comment est-ce que ce truc, cette grossesse, a pu arriver ?

— Je ne sais pas, répondit Lizzie. C'est peut-être un extraterrestre qui est venu me voir au beau milieu de la nuit.

Mais sa plaisanterie ne fit pas rire le jeune homme.

— Et toi, qu'est-ce que tu en penses ? C'est arrivé comment, à ton avis ? reprit-elle.

— Moi, je n'en sais rien. C'est à toi de me le dire. Tu as couché avec d'autres mecs ?

Lizzie le dévisagea, outrée :

— Tu plaisantes, j'espère ?

— Oui ou non ?

— Ce n'est même pas la peine que je te réponde.

Massi fronça les sourcils. Pour l'amadouer, elle lui caressa la joue. Il tressaillit.

— Bien sûr que non, Massi. Il n'y a que toi dans ma vie !

— Et tu as fait attention ?

— Oui.

Ils avaient toujours veillé à utiliser des préservatifs.

— Mais, dis-moi... reprit-elle. Tu parles comme si j'étais la seule responsable, dans toute cette histoire.

Elle s'arrêta brutalement.

— Je ne vois pas pourquoi on discute de ça, dit-elle finalement. Tu n'es pas un petit peu content quand même ?

— Tu veux que je te mente, Li ? Bon, je vais te mentir.

Les traits de Massi s'adoucirent.

— Evidemment, tu sais que je t'aime et que je suis heureux de savoir que tu portes mon enfant. Ça, ça me rend très heureux.

— C'est vrai ? s'enthousiasma la jeune fille, pleine d'espoir.

Mais le visage du jeune homme se ferma de nouveau, et elle s'en voulut de sa naïveté.

— Mais tu veux savoir si je veux de cet enfant maintenant, en ce moment ? Eh bien non, je n'en veux pas, poursuivit-il.

— Pourquoi ? demanda-t-elle d'une voix rauque.

— Pourquoi ?

Cette question parut le rendre furieux.

— Pourquoi ? Pourquoi ? J'ai cent mille raisons ! Tu ne peux pas voir les choses en face ? On a vingt-deux ans tous les deux ! On est trop jeunes ! J'ai trop de choses à faire avant de fabriquer une tripotée de gamins à ma femme ! Je veux faire ma vie, ma carrière, avant d'avoir des gosses ! Allez, rassure-moi, tu n'y penses pas sérieusement !

Il se rapprocha d'elle et, pour la première fois, elle eut peur de lui.

— Je vais te citer quelque chose, dit-il encore : *Il mondo e fatto a scale ; c'e chi scende et c'e chi sale.* Ça veut dire : « Le monde est fait de marches. Celles qui montent et celles qui descendent. » Avoir un gosse maintenant, ça signifierait descendre les marches.

Ces derniers mots furent crachés plutôt qu'articulés. Lizzie le dévisagea, incrédule. Comment pouvait-il prononcer des paroles aussi blessantes ?

— Non ! poursuivit-il en haussant la voix. Non !

Les gens alentour s'étaient arrêtés pour suivre leur conversation avec intérêt.

— Non, je ne veux pas qu'un môme prenne ma vie en otage ! Tu ne t'imagines quand même pas que je vais foutre ma vie en l'air parce qu'une bonne femme qui refuse de voir la réalité en face me fait un caprice pour avoir un gosse ? Alors qu'elle n'est encore qu'une gosse elle-même !

— Tu ne crois pas qu'on pourrait discuter sans se mettre à hurler ? intervint Lizzie, au désespoir. Tu me dis que je fous ta vie en l'air, mais je ne suis pas la seule responsable ! Et, s'il te plaît, arrête de vouloir me diriger sans arrêt !

— Il n'y a plus rien à discuter. Je te l'ai dit, j'ai le nom d'un médecin dans le Trastevere. Il est discret et pas trop cher. J'ai pris un rendez-vous pour toi jeudi prochain. Tu ne vas pas me désobéir !

— Quoi ? Te désobéir ? répéta la jeune fille, n'en croyant pas ses oreilles. Pour qui tu te prends ? Pour mon père ? Tu me traites comme une adolescente !

— C'est parce que tu te conduis bêtement, comme une adolescente !

Lizzie ne cilla pas.

— Donc, tu me dis que si j'ai ce bébé...

Massi l'interrompit brutalement, en articulant chaque mot comme s'il s'adressait à un enfant en bas âge :

— *Questo ti dico molto chiaro : se decidi di continuare questa gravidanza, non voglio mai più vedere ne te ne il bambino. O.K. ?*

Malheureusement, les connaissances en italien de l'adolescente lui permettaient de comprendre très précisément les paroles de Massi : « Voilà ce que je te dis, c'est très clair : si tu décides de poursuivre cette grossesse, je ne veux plus jamais te voir, ni toi ni l'enfant. »

Lizzie hocha la tête. C'était très clair, en effet. Secouée de sanglots, elle suivit des yeux la silhouette de Massi qui disparut bientôt.

Le jeudi matin, elle avait pris sa décision. Mais il lui fallait commencer par se rendre à l'Institut, pour assumer les conséquences de son erreur sur le tableau de Frans Hals.

Elle pénétra dans le hall et se dirigea vers sa salle de cours. Son professeur, celui qui l'avait gratifiée d'un geste de mépris expressif, l'arrêta et s'avança vers elle. Il avait l'air surexcité.

— *Professore, mi dispiace...* commença-t-elle.

Mais elle s'arrêta devant son expression rayonnante.

— C'est extraordinaire ! s'exclama-t-il. Je n'en reviens pas, vous saviez ce qui se cachait sous l'œil !

— Je ne comprends pas... murmura-t-elle.

Mais elle ne put continuer, car elle se retrouva bientôt entourée d'une brochette d'éminents spécialistes qui l'ensevelirent sous un flot de paroles.

L'un d'entre eux la prit par le bras et la guida vers le laboratoire, où elle se retrouva face au tableau de Frans Hals posé sur une table.

— C'est extraordinaire ! répéta son professeur.

Il se plaça sur le côté pour lui permettre de voir le visage du pontife.

Lizzie avait pensé commettre la pire erreur de sa vie en enlevant des pigments posés trois cents ans plus tôt. Mais, bien au contraire, cette initiative malheureuse s'était transformée en coup de génie. Car, ce faisant, elle avait révélé la présence d'un œil caché sous celui qu'elle avait effacé par accident.

Les yeux écarquillés, elle contempla le nouveau visage du souverain pontife, sous les chaleureuses félicitations des sommités qui l'entouraient : elle avait rendu un extraordinaire service à l'Institut ! Comment avait-elle eu l'intuition que l'œil qu'elle avait enlevé n'était que le produit d'une grossière retouche exécutée par un sombre idiot ? Grâce à elle, on pouvait admirer l'œil que le grand peintre flamand Frans Hals avait initialement créé !

L'après-midi, Lizzie fut convoquée par le directeur de l'institut dans son grand bureau baigné de soleil. A son invitation, elle prit place dans un fauteuil de cuir au rembourrage rebondi. D'une oreille distraite, elle l'écouta chanter ses louanges et vanter ses qualités, son sens inné des couleurs et des textures, sa parfaite coordination main-œil.

En conclusion de son discours, avec une élocution rapide que Lizzie comprenait maintenant parfaitement le directeur ajouta :

— Je voudrais vous proposer un poste à temps complet au sein de notre équipe. Vous seriez assistante auprès de nos étudiants de première et de deuxième année.

Lizzie le dévisagea un long moment, puis répondit, en articulant non moins rapidement :

— Je regrette infiniment, mais je ne peux pas accepter, *signore*. Je retourne aux Etats-Unis. Je suis enceinte, j'attends mon bébé pour l'été prochain.

3

Telle était donc l'histoire de sa mère avec Massi. Incapable de proférer un mot, Graziella resta assise un long moment sans bouger, le cœur battant. Toutes sortes de sentiments contradictoires se bousculaient dans sa tête. Les péripéties du récit de sa marraine et, surtout, leur épilogue incroyable lui avaient noué les nerfs et endolori l'estomac. Pour tenter de se détendre, elle se blottit au fond du canapé.

— Donc, Lizzie est rentrée aux Etats-Unis, poursuivit Sarah, et sept mois plus tard, tu es née. Le vingt-quatre août. Mais tu sais, Graziella, je vais te dire une chose très, très importante, une chose que je ne veux pas que tu oublies : je n'ai jamais connu d'enfant aussi désiré, aussi aimé que tu l'as été. Pour ta mère, tu as été le plus beau cadeau du monde. Elle a été absolument comblée par ta naissance, la naissance de sa fille.

— Pourquoi n'a-t-elle pas continué à travailler dans le domaine artistique ? demanda la jeune fille, tout en connaissant déjà la réponse.

— Eh bien, malgré son amour pour l'art et pour l'Italie, et malgré tout ce qu'elle avait appris, elle estimait que son premier travail, celui qui passait avant tout, c'était d'élever sa fille. Ce n'était pas simple pour elle, ça ne l'est d'ailleurs jamais pour une femme, mais elle considérait que la pire des choses, c'était de rater l'éducation de son enfant.

Graziella, toujours sous le choc, était stupéfiée par l'héroïsme tranquille de sa mère. Ainsi, on lui avait offert un poste dans le meilleur institut d'art d'Italie, et elle l'avait refusé. Elle avait préféré retourner aux Etats-Unis pour avoir son enfant, lui donner le jour. Et tous ces sacrifices, elle les avait trouvés entièrement naturels.

Sarah poursuivit son récit. Lizzie, rentrée chez elle, avait élevé Graziella avec l'aide de ses parents. Les postes de restaurateur à mi-temps étaient rares, sauf, éventuellement, dans les grandes villes, et Lizzie ne souhaitait pas que sa fille grandisse dans un environnement urbain. Bien que trop qualifiée, elle avait accepté la première place de secrétaire qui s'était présentée et était entrée au département de psychologie de l'université voisine. A la mort de ses parents, elle avait réussi à réunir assez d'argent pour acheter une petite maison située dans le même quartier que la demeure familiale. Elle s'y était installée avec sa fille alors âgée de quatre ans.

— Et, comme on dit, tout le reste, c'est la petite histoire, poursuivit Sarah d'un ton léger, pour briser un peu la lourde atmosphère qui régnait dans la pièce.

— Est-ce qu'elle a revu Massi avant de quitter Rome ?

— Non. Il a su qu'elle n'était pas allée chez le médecin du Trastevere et il a cessé tout rapport avec elle, comme il l'avait promis.

Avec un sourire amer, elle ajouta :

— Ah, on ne pourra pas dire que Massi n'était

100

pas un homme de parole ! Ta mère lui a laissé des messages à l'école, mais il ne l'a jamais rappelée. Elle a voulu rencontrer ses parents, aussi, mais elle a vite compris qu'il était inutile de compter sur eux. Ils la considéraient comme l'Américaine qui avait créé des ennuis à leur fils, et surtout pas l'inverse.

— Elle l'a contacté après ma naissance ?

— Oui, elle lui a envoyé un faire-part. Moi, je n'étais pas d'accord, je trouvais qu'il ne le méritait pas, mais ta mère pensait qu'il voudrait connaître le sexe du bébé. A partir de là, ils ont cessé tout rapport. Pour ton bien et pour celui de Lizzie aussi. Je pense que c'était trop douloureux pour elle...

Surprise elle-même par sa question, Graziella voulut savoir :

— Pourquoi a-t-elle tenu à me mettre au monde ?

— Pourquoi ?

Sarah réfléchit quelques instants.

— C'étaient les années soixante-dix. Les gens en avaient assez de se laisser dicter leur conduite, ils voulaient agir à leur guise. Ta mère désirait t'avoir. Et, d'une certaine façon, moins Massi le souhaitait, plus elle était déterminée à agir selon son gré. C'est ce qu'elle m'avait dit.

Elle se tut, puis reprit :

— Je crois qu'elle ne t'a jamais parlé de Massi parce qu'elle ne voulait pas que tu sois blessée. Je sais que c'est peut-être difficile à comprendre pour toi, mais le jour où tu auras un enfant toi-même...

— Lui est-il arrivé de retomber amoureuse ?

— A ton avis ?

Graziella ne répondit pas. Sarah soupira.

— Il faut que tu comprennes, dit-elle. Massi a été

le premier grand amour de sa vie. Peut-être a-t-elle idéalisé cet amour, peut-être a-t-elle pensé qu'elle ne pourrait plus jamais aimer quelqu'un d'autre à ce point, et que, par conséquent ce n'était plus la peine d'essayer... Bien sûr, elle n'a pas vécu comme une nonne, tu le sais, mais je ne crois pas qu'elle ait rencontré un homme capable d'égaler Massi à ses yeux. Ça doit te sembler difficile à croire après ce que tu viens d'entendre, mais...

Sarah ne finit pas sa phrase.

Après un long silence, Graziella se leva. La tête lui tournait.

— Je vais chercher quelque chose à boire. Je reviens tout de suite.

Dans la cuisine, elle but plusieurs verres d'eau à l'évier en étudiant le reflet que lui renvoyait l'acier de la cuisinière. Elle avait besoin de voir son visage, mais ce n'était pas par coquetterie : elle avait une mine affreuse, une mine de déterrée, la mine de quelqu'un qui a passé quinze jours à pleurer. Elle avait simplement besoin de tenter de se reconnaître physiquement. Et elle s'était réfugiée dans cette cuisine pour échapper quelques instants à la tension qui emplissait le salon, pour secouer les pensées qui s'étaient formées dans sa tête.

Elle avisa la petite bibliothèque où sa mère avait conservé les photos de Massi pendant toutes ces années. « On va les mettre dans ce livre de cuisine italienne, avait décidé sa mère avec une lueur espiègle dans l'œil. Comme ça, on saura toujours où elles se trouvent. » Avec le plus grand calme, Graziella ouvrit le livre de recettes, y trouva les deux photos, les déchira et jeta les morceaux à la poubelle.

Sarah était retournée à Chicago. A l'idée que son père était toujours vivant, toujours à Rome, et qu'il avait essayé de les contacter à plusieurs reprises, Graziella avait ressenti une excitation bien vite retombée et remplacée par une certaine colère contre sa mère. A plusieurs reprises, elle avait questionnée Lizzie à ce sujet, en lui demandant si son père avait cherché à se mettre en relation avec elle. A chaque fois, bien sûr, la réponse avait été négative. Graziella avait voulu savoir pourquoi, mais sa mère n'avait jamais vraiment répondu. Sauf une fois, par une question :

« Tu sais ce que c'est qu'un narcissique ? C'est quelqu'un qui s'aime tellement qu'il ne pense qu'à lui, qui est incapable de penser à quelqu'un d'autre.

— Tu peux m'expliquer le rapport ? »

Lizzie avait changé de sujet. Elle essayait de cacher quelque chose, mais quoi ? Voulait-elle que sa fille ignore que Massi ne les avait pas entièrement oubliées ? Qu'il avait envie de subvenir aux besoins de son enfant et de la mère de celle-ci ? Pourquoi Lizzie avait-elle refusé d'encaisser ses chèques ? Sa fierté et sa susceptibilité étaient-elles développées à ce point ?

Mais non, ce n'était pas contre Lizzie, sa mère qu'elle aimait par-dessus tout et qui lui manquait tant, qu'elle devait éprouver du ressentiment. C'était plutôt contre son père qu'il fallait se retourner. Massi, son père pour la vie entière, le seul qu'elle aurait jamais, n'avait pas voulu d'elle. C'était aussi simple, aussi dévastateur que cela. L'argent... Il lui avait envoyé des chèques, alors qu'elle aurait sacrifié toute la fortune du monde au profit de son affection, de sa présence physique.

Elle passa des heures à tenter d'analyser ses sentiments, mais sans réussir à trouver de réponse. Massi ne l'avait pas vraiment rejetée, finalement. Après tout, était-il possible de rejeter quelqu'un qu'on n'avait jamais vu ? Etait-il possible de rejeter une personne qui n'était pas encore née, une personne qui avait menacé de détruire votre vie et de ruiner votre carrière avant même qu'elle ait commencé ?

Impossible de se débarrasser des paroles qui tournaient dans sa tête. Impossible de les oublier : *Il mondo e fatto a scale ; c'e chi scende et c'e chi sale.* « Le monde est fait de marches ; celles qui montent et celles qui descendent. »

En partant, Sarah avait serré sa filleule contre elle, les yeux humides. Puis elle l'avait regardée un long moment, droit dans les yeux. « Je sais que tu vas faire ce que tu dois », avait-elle dit.

Quelques semaines plus tard, Graziella apprit qu'elle bénéficiait d'une pension mensuelle versée par l'université qui employait sa mère. Il lui fut plus facile de prendre une décision, même si, rétrospectivement, elle ne savait pas au juste quand elle avait commencé à forger son plan.

Peut-être en voyant les lettres de son père. Peut-être dans la cuisine, quand elle avait regardé une dernière fois les photos avant de les jeter à la poubelle. Ou peut-être quelques jours après, au cours de l'une de ses déambulations sans but à travers les pièces qui formaient autrefois son univers. Elle avait été saisie à un moment d'une colère si vive qu'elle avait dû s'asseoir, bouleversée par l'intensité de ses émotions.

Une fois de plus, Graziella reprit le sac rouge

contenant les lettres et les aérogrammes, rédigés dans un anglais étonnamment fluide. Elle ouvrit l'un d'eux et lut :

Chère Elizabeth

Graziella nota le côté officiel de la formule. Ainsi, il ne l'appelait plus « Li ».

C'est ma quatrième lettre en six mois, les trois autres sont restées sans réponse. Vais-je trop loin en te demandant d'encaisser les chèques que j'ai envoyés, pour ton usage et pour l'éducation de notre fille ? Vais-je trop loin en te demandant de m'envoyer un minimum d'informations sur elle ?

Le M de la signature, barré de deux traits furieux, ressemblait à un arc traversé de deux flèches.

Un autre aérogramme, celui-ci contenant un chèque de cinq mille dollars, disait laconiquement :

Même si tu ne réponds pas à cette lettre, je te demande d'ouvrir un compte épargne pour notre enfant, et de mettre cet argent de côté pour son avenir.

Chacune de ses lettres restées sans réponse paraissait augmenter la détermination de Massi. Le dernier chèque était daté du six février, deux ans auparavant.

Chère Elizabeth, disait l'aérogramme, *compte tenu de ton silence et du fait qu'aucun des chèques que je t'ai envoyés n'a été encaissé, je cesse tout contact avec toi. Au cas où tu souhaiterais me joindre, voici mon adresse à Rome.*

Quelques semaines plus tard, après avoir réglé les affaires de sa mère, Graziella retourna à New York. Elle informa Holly de son intention de prendre un congé, demanda à Lucy de se trouver une colocataire.

A Eric, qui l'avait emmenée dîner dans une pizzeria, elle annonça :

— Je vais prendre des vacances prolongées en Europe.

— Tu trouves que c'est une façon sympa de me dire que tu ne veux plus me voir ? s'insurgea-t-il.

— Allez, ne sois pas stupide, répliqua-t-elle.

Eric allait lui manquer, mais, en même temps, elle se sentait un peu coupable du faible poids qu'il exerçait sur son existence. Lui l'avait complètement intégrée dans sa vie, mais elle n'était pas sûre de la réciproque.

Ce n'était pas Katie qui posait problème. Eric aimait décrire les liens qui unissaient Graziella à sa fille comme une « société d'admiration mutuelle ». Non, le problème était simple : Graziella ne se satisfaisait pas d'un copain pour qui le comble du bien-être consistait à corriger des copies d'élèves en regardant de vieux films loués au vidéoclub d'en bas et commander des repas chinois ou mexicains à domicile.

En même temps, elle savait que des milliers de femmes à New York auraient été heureuses de se trouver à sa place : Eric était un mec bien physiquement, drôle, sans problèmes d'argent, qui aimait les enfants et avait un bon boulot.

— Et quand penses-tu rentrer ?

— Je ne sais pas. Sans doute dans un mois... Eric, je ne suis jamais allée en Europe. Et j'ai une partie de mes racines là-bas, qu'on le veuille ou non.

— Est-ce que tu m'appelleras à la seconde même où tu connaîtras ton numéro de téléphone ?

— Oui.

— Promis, juré, craché ?

— Promis, juré, craché.

Les semaines suivantes passèrent très vite. Graziella entreposa ses affaires dans un garde-meubles du New Jersey, légua son ficus à la galerie, s'occupa de son passeport et passa des heures à faire enlever son nom des factures de gaz, d'électricité et de télévision par câble qu'elle partageait avec sa colocataire.

— Mon Dieu, se lamentait cette dernière, comment vais-je faire pour trouver quelqu'un d'aussi normal que toi ? Je vais sans doute tomber sur une fille complètement tarée qui déteste la fumée de cigarette.

Par une belle journée ensoleillée et légèrement ventée du mois d'août, le temps idéal pour voler d'après l'hôtesse d'embarquement, Graziella embarqua sur le vol Alitalia au départ de l'aéroport international John F. Kennedy à New York. Son voyage jusqu'à l'aéroport Leonard de Vinci à Rome devait durer près de huit heures. Pour la quatrième ou cinquième fois ce jour-là, Graziella se répéta qu'elle mettait ses pas dans ceux de sa mère.

Elle était épuisée par le vol. Il régnait une telle chaleur à l'intérieur de cet aéroport que ses genoux menaçaient de fléchir. Après avoir attrapé ses bagages sur le tapis, elle réfléchit. Elle ne connaissait ni le mot « train » ni le mot « sortie » en italien Il ne lui restait donc plus qu'à suivre la foule qui se dirigeait comme un seul homme vers les ascenseurs. D'après le guide qu'elle avait enfoui dans son sac avant de partir, des trains quittaient Fiumicino toutes les heures pour la Stazione Termini, au centre de Rome. Mais, à la gare de départ, elle constata que la foule des voyageurs en attente s'agitait en tous sens et que le train à quai était vide et non éclairé. Un homme tambourina contre les portes sans conviction. Les autres arboraient une expression contrariée. Elle entendit alors la voix forte d'un Anglais.

— Les trains sont en grève, expliquait-il à sa femme, d'un ton presque réjoui. Ça arrive très souvent, ici.

Près d'une heure plus tard, tout le monde embarqua à bord d'un bus à destination de Rome. Le trajet fut long et la chaleur étouffante. L'air conditionné était en panne, d'après ce que le conducteur avait annoncé en accompagnant ses paroles d'un haussement d'épaules fataliste.

Graziella ouvrit son col et s'éventa avec son passeport. Elle avait laissé derrière elle une ville de New York livrée à une affreuse humidité et à la pollution, avec un vent désagréable qui soufflait de l'Hudson en faisant voler les détritus dans les avenues. Mais était-il pire que cette chaleur qui lui tombait dessus comme une chape de plomb et l'assommait littéralement ? Rome en été... C'était exactement ce que décrivait le guide qu'elle avait emprunté à la bibliothèque.

Le bus prit de la vitesse. Elle vérifia qu'elle avait toujours tous ses bagages. Elle les avait préparés avec autant de soin et d'économie que possible. Ignorant la durée de son séjour, elle avait prévu des vêtements pour toutes les saisons, ainsi qu'un petit chevalet, des pinceaux et des tubes de peinture. Sous ses sweaters, elle avait posé à plat une demi-douzaine de toiles prédécoupées, un lot de baguettes à châssis, une boîte de trente punaises et un kit pour l'aquarelle. Elle fut soulagée de constater que rien n'avait été ni écrasé ni cassé.

A présent, elle pouvait consacrer son attention à la question qui la tourmentait depuis deux mois : « Ne suis-je pas en train de faire la bêtise de ma vie ? »

Après tout, elle pouvait toujours revenir en arrière. Rien ne l'empêchait de retourner à l'aéroport et d'acheter un billet de retour. Mais rien non plus ne la retenait à New York, en dehors d'Eric. Oui, elle en était sûre. En fait, elle avait inconsciemment organisé sa vie de façon à ce qu'il lui fût impossible de retourner à New York. A présent, elle ressentait une sorte de soulagement, mêlé à cette colère familière qui ne la lâchait plus depuis deux mois. Oui, elle avait pris la bonne décision en venant en Italie. C'était la seule possibilité. Trop de questions attendaient une réponse, et la seule personne qui pouvait les lui donner vivait ici, à Rome, et ce, depuis toujours.

— Mon père, murmura-t-elle pour elle-même, suffisamment fort pour que l'homme assis à côté d'elle cesse de jacasser dans son téléphone portable et lui jette un regard intrigué.

Les mots paraissaient étranges sur ses lèvres :

109

« mon père ». Graziella avait décrit les grandes lignes de son projet de voyage à Eric. Si elle n'était pas entrée dans les détails, c'était en partie parce qu'elle ne se sentait pas trop certaine de ces détails.

— Je suis peintre, lui avait-elle expliqué. Quand on s'intéresse à l'art et que l'on ne fait pas au moins un voyage en Europe, c'est qu'il y a quelque chose qui cloche.

Elle lui avait dit qu'elle commencerait son voyage par l'Italie, et de là... Eh bien, elle improviserait.

— Peut-être que tu pourras chercher à joindre ton père, pendant que tu y seras, lui avait suggéré Eric d'un ton malicieux.

Graziella avait souri.

— Pourquoi pas.

Elle n'avait pas eu envie de lui dévoiler la vérité. Elle savait que s'il découvrait ce qu'elle envisageait de faire là-bas, il serait très surpris et sans doute déçu. Il lui aurait certainement dit quelque chose du genre : « Je croyais te connaître, mais je me rends compte que je ne te connais pas. »

Lorsque l'avion avait amorcé sa lente descente sur Rome, elle avait soudain compris que ce n'étaient pas les mots d'Eric qu'elle imaginait, mais les siens propres, des paroles qu'elle se disait à elle-même. Et c'était vrai. A l'âge de vingt-deux ans, l'âge exact de sa mère lorsqu'elle était partie étudier en Italie, elle ne se connaissait pas vraiment. Elle n'aimait pas la Graziella qu'elle côtoyait, incapable d'attachement, craintive, un peu à la dérive, pleine de suspicion vis-à-vis des hommes, bloquée en quelque sorte. Elle n'avait pas mauvais caractère et ne s'était jamais considérée comme une personne rancunière, dotée d'un esprit de vengeance. Mais maintenant, elle se découvrait possédée d'un désir de justice si intense qu'il l'effrayait.

Elle n'avait pas mis Sarah dans la confidence. Elle savait que celle-ci craindrait de la voir se prendre des coups. Sans compter qu'elle se sentirait responsable de sa décision. « Qu'est-ce que je fais ici ? » s'interrogea Graziella. La réponse ou, tout au moins, la réponse qu'elle n'avait cessé de se répéter pour s'en convaincre était simple : elle avait entrepris ce voyage à Rome pour retrouver son père. Mais là s'arrêtait toute similitude avec ses fantasmes d'enfant. Car elle n'avait pas envie de se réconcilier avec lui. Elle n'avait pas envie d'admirer des feux d'artifice depuis le pont d'un yacht imaginaire en sa compagnie. Elle désirait une seule chose : lui faire du mal, de la même façon qu'il avait fait du mal à sa mère vingt-deux ans plus tôt. Elle commencerait par lui sauter au cou, et lorsqu'il serait mis en confiance, elle se débrouillerait pour le trahir, aussi facilement et adroitement que les gitans qui avaient volé le portefeuille de Lizzie près de vingt-trois ans auparavant. Cette vengeance, elle la devait à sa mère, et elle se la devait à elle-même.

L'adresse de son père, elle la connaissait, elle pouvait désormais la réciter en dormant : « Massimiliano Caracci, 31, via Giulia, Roma 90039 Italia. » Cette adresse, elle l'avait lue et relue au dos de la dernière lettre reçue par sa mère.

Quarante-cinq minutes plus tard, le bus arriva à la Stazione Termini. Le moteur s'arrêta avec un grognement. Les passagers sortirent dans une joyeuse bousculade et se répartirent sur le trottoir. Graziella les suivit.

Elle traversa la piazza dei Cinquecento en s'arrêtant dans un bureau de change pour convertir ses dollars.

A dix heures et demie du matin, la ville cuisait déjà sous l'implacable soleil d'août. Du ciel incandescent tombait une chaleur qui paraissait mettre les trottoirs en fusion. Pourtant, en dépit de sa fatigue, elle sentait l'excitation la gagner. Elle était à Rome, en Italie. Elle était dans la ville où sa mère était tombée amoureuse de son père et avait été aimée de lui, au moins pendant un temps. Même si le trottoir craquelé ressemblait exactement aux trottoirs de New York, elle marchait sur un trottoir italien. C'était inouï ! Le ciel, c'était le ciel de l'Italie ; les nuages, les nuages de l'Italie ; les minuscules voitures et les scooters qui pétaradaient à toute allure, des voitures et des scooters italiens.

Elle se trouvait dans cette ville pour la première fois, et pourtant, celle-ci lui semblait étrangement familière, et pas uniquement parce qu'elle avait constitué les décors d'un millier de films qu'elle avait vus. « Je lui appartiens un peu, à cette ville », se dit-elle, étonnée de sa découverte. Son père était romain, après tout, et ses racines se situaient ici. Depuis le moment où ses parents s'y étaient rencontrés, Rome n'avait certainement pas changé. Elle avait simplement vieilli.

Graziella héla un taxi pour se rendre à sa pension, au Campo dei Fiori.

Le petit établissement qui l'accueillait ne possédait pas d'ascenseur. Après avoir accompli les formalités d'enregistrement, elle grimpa à pied jusqu'au quatrième étage en s'arrêtant à chaque palier pour poser ses bagages. Elle était un peu contrariée, car elle avait appris qu'elle devrait partager une salle de bains avec les autres clients de l'étage. Cependant, en apercevant la place du marché par la fenêtre du palier du deuxième, elle oublia son mécontentement Elle vit les étalages de fruits, de légumes et de poisson, la statue du sombre Giordano Bruno, les ruelles étroites qui menaient au Tibre et, à l'autre bout de la place, la façade abîmée par les intempéries du restaurant connu sous le nom d'Alfredo, où un cuisinier entreprenant ou très chanceux avait inventé les *fettuccine Alfredo*.

Elle était épuisée, mais cela ne l'empêcha pas, après un brin de toilette, de redescendre et de demander au concierge des indications pour se rendre piazza Navona. Il lui fallait découvrir au plus tôt l'endroit où s'était déroulée la dernière conversation entre Lizzie et Massi.

Vingt minutes plus tard, Graziella eut le loisir de contempler l'église du Gesù et St-Ivo alla Sapienza. Et elle eut devant elle la fontaine des Quatre-Fleuves avec ses quatre géants musclés, ce monument que sa mère aimait tant retrouver. C'était aussi celui dont elle avait voulu faire l'esquisse, le jour où s'était déroulée l'agression des petits gitans, événement qui avait favorisé sa rencontre avec Massi.

Avec un petit pincement au creux de l'estomac, Graziella fit connaissance avec ces lieux qui avaient été le prélude à son existence, et où s'étaient déterminées les conditions de celle-ci. Cependant, rien sur la piazza Navona ne rappelait le passé. Les touristes remplissaient les tables des cafés, les couples enlacés se promenaient autour de la place en échangeant des propos à voix basse, des petits garçons lançaient un vieux frisbee rouge sur le trottoir... Devant l'innocence de cette matinée romaine, une nouvelle bouffée de colère l'envahit quand elle songea à la brutalité des adieux échangés ici par ses parents. Eh bien, si son père pensait pouvoir s'en tirer aussi facilement en abandonnant la mère de son enfant, il se trompait !

D'un mouvement décidé, elle fit demi-tour et retourna à grands pas à sa pension, où elle se coucha et s'endormit presque aussitôt. Elle se réveilla sept heures plus tard, l'estomac gargouillant. Elle avait très faim, mais elle avait lu dans ses guides de voyage que les restaurants de Rome n'ouvraient que rarement avant sept heures et demie. Elle attendit donc neuf heures pour sortir et dénicha un petit restaurant proche du Campo dei Fiori. En entrée, elle prit un toast de pain de mie légèrement frotté d'huile d'olive et recouvert de rondelles de tomate jaune et, en plat principal, des pâtes fines agrémentées de champignons et de parmesan. A la table voisine, un couple d'Américains obèses discutait du menu. Elle entendit l'homme expliquer à sa compagne qui hésitait :

— Ecoute, ma puce, ici, t'es à Rome. T'as peu de risques de te tromper question bouffe.

Elle savoura son verre de vin, songeuse. Un peu d'appréhension, un zeste d'excitation, un soupçon de mélancolie, tels étaient les sentiments qui l'agitaient. Après tout, la seule personne qui manquait à cette table était Lizzie. Elle n'avait plus quitté les Etats-Unis depuis son retour d'Italie. Pourtant, elles avaient plus d'une fois caressé l'idée d'une escapade en Europe entre mère et fille... Elles auraient acheté un Eurailpass et voyagé de ville en ville, sans itinéraire préalablement établi... Mais l'argent avait toujours manqué, ou alors, ce n'était jamais le bon moment. Elles avaient remplacé le voyage en Europe par de courtes virées en voiture au Canada, à Yosemite Park, à Chicago, au Cleveland Art Museum, à la National Gallery de Washington.

Toutefois, Lizzie avait bel et bien préparé un voyage à Florence, mais quelque chose était venu bouleverser ses plans à la dernière minute, et elle avait dû tout annuler. Pour apaiser un peu la déception de sa fille, elle avait concocté ce qu'elle avait appelé une soirée italienne. Pendant que, dehors, la neige tourbillonnait dans la nuit noire du Middle West, elles avaient dégusté un risotto à la milanaise au son des roucoulements d'un chanteur nommé Patti Prado.

Un peu plus tard, Lizzie avait aussi organisé une soirée parisienne. La tête coiffée d'un béret, elles avaient dansé au rythme des chansons de Juliette Gréco et de Serge Gainsbourg. Plus récemment, il y avait eu une nuit londonienne, avec des *fish and chips* servis sur la page « Business » du *Chicago Tribune*, et arrosés de vinaigre de vin blanc.

« Mais surtout, lui disait sa mère, il ne faut pas croire que c'est parce que j'ai renoncé aux voyages que je fais ça. Non, non, c'est juste que je suis un peu piquée, quoi. »

Pourtant, en ce moment, sa mère se tenait à son côté, d'une certaine façon. Une part d'elle était là. Lizzie n'avait-elle pas participé à la restauration de cette ville ? N'avait-elle pas contribué à la préservation d'une petite partie du Forum ? Le résultat de son travail n'était-il pas là, tangible, quelque part dans les pierres du Palatin ?

Graziella leva son verre en silence vers la vitrine opaque de la trattoria.

— A toi, maman, murmura-t-elle. Je suis là, finalement. J'aurais simplement aimé que tu sois avec moi, en face de moi, à cette table.

Les six heures de décalage horaire entre l'Italie et New York précipitèrent Graziella hors de son lit à quatre heures du matin. Munie de sa palette et de ses pinceaux, elle sortit de sa chambre sur la pointe des pieds et monta sur le toit en terrasse de l'hôtel. L'aube naissante avait revêtu le ciel d'une couleur violette, peu à peu remplacée par un rose tendre qui s'effaça à son tour pour livrer la place à un azur des plus purs. Dans le cadre de son projet, la jeune fille avait apporté à Rome son matériel de peinture. Mais, en cet instant magique, son besoin de peindre ne lui était dicté par aucun plan. La beauté majestueuse de l'église qui s'élevait vers le ciel dans le silence de l'aube constituait une invite à laquelle il lui était impossible de résister.

Graziella avait toujours été considérée par tous comme une artiste aux dons précoces. Comme beaucoup d'enfants, elle avait passé beaucoup de temps à dessiner des formes simples, des soleils, des fleurs, des arbres. Mais dès l'âge de six ans, elle avait stupéfié sa mère par son talent surprenant. Sa copie du tableau de Gauguin, *Nevermore*, exécutée d'après un livre d'art oublié sur la table du salon, avait été pour Lizzie l'élément déclencheur qui l'avait décidée à inscrire sa fille à un cours d'arts plastiques. Plus tard, Graziella avait fait le lien entre ce moment et celui où sa mère avait cessé de porter son bracelet en or préféré, légué par sa grand-mère.

Lizzie, même s'il lui en coûtait, l'avait aussi encouragée à poursuivre des études artistiques : « Tu es douée. J'aurais tout donné pour être aussi douée que toi à dix-sept ans. »

A l'école des beaux-arts, les professeurs de Graziella lui avaient eux aussi prédit un grand avenir. Mais, une fois à New York, son assiduité s'était relâchée et son envie de peindre l'avait abandonnée progressivement. Comme si le fait de se retrouver seule, livrée à elle-même dans cette grande ville qu'elle ne connaissait pas, la terrorisait au point de l'empêcher de peindre. Les œuvres qu'elle avait menées à leur terme étaient réussies d'un point de vue technique, mais complètement dénuées de chaleur et de vie. Cette évidence l'avait découragée au point qu'elle avait envisagé d'abandonner la peinture. Holly, en femme avisée, l'en avait dissuadée.

— Je ne pense pas que ce soit la décision à prendre.

— Pourquoi ?

— Parce que tu es une artiste. Cela signifie que ta peinture doit te dicter ce qu'il faut faire, et non l'inverse.

Elle avait donc persévéré et laissé parler son âme. Dans les mois qui avaient précédé la mort de sa mère, plusieurs galeries avaient témoigné de l'intérêt pour son travail et lui avaient réclamé des œuvres. Mais en perdant Lizzie, Graziella croyait avoir perdu tout désir de peindre.

En bas, la ville s'éveilla et la vie envahit peu à peu les places et les étroites ruelles du quartier. C'était le moment de redescendre sur terre. La jeune fille rangea son matériel et retourna dans sa chambre. Là, elle étala soigneusement ses vêtements sur le lit avant de s'habiller : un jean, des sandales et un tee-shirt blanc à encolure en V.

En quittant la pension, elle jeta un coup d'œil approbateur à l'image renvoyée par la glace du hall : elle était la touriste américaine type, tout à fait semblable aux milliers d'étudiantes qui visitaient Rome pour la première fois.

Le sentiment de se savoir seule et complètement libre dans cette ville totalement étrangère avait quelque chose d'enivrant. Personne ne connaissait son nom ; elle n'avait aucune responsabilité envers quiconque ; elle pouvait faire, et être, ce qu'elle voulait.

Cette sensation, elle ne l'avait éprouvée qu'une seule fois. Pendant sa dernière année d'université, elle avait été invitée par une amie en Floride. Le voyage en voiture avait duré plusieurs jours. Chaque fin d'après-midi, lorsqu'elle était fatiguée de conduire, elle s'arrêtait au hasard dans un motel du bord de la route. L'idée que, si elle ne téléphonait pas, personne au monde ne saurait où elle se trouvait, la remplissait d'un mélange de crainte et de joie. Un soir, cependant, cette sensation l'avait fait paniquer et elle avait appelé sa mère avec un soulagement extrême. Lorsque celle-ci avait décroché, Graziella avait hurlé dans l'appareil : « C'est moi ! »

Mais cette fois-ci, c'était différent. Il n'y avait pas lieu de s'abandonner à la panique. Car tout son plan reposait sur son anonymat.

A neuf heures du matin, il faisait déjà près de trente-deux degrés. C'était une chaleur d'été

118

épaisse, humide et étouffante, caractéristique du mois d'août à Rome. A en croire les guides de voyage, la majorité des boutiques et des restaurants fermaient à cette période-là. L'exode était généralisé, et tous ceux qui pouvaient se le permettre fuyaient la ville pour jouir d'un climat plus agréable au bord de la mer ou à la montagne.

Sortant son plan, Graziella repéra le trajet qui la mènerait à la via Giulia. Elle descendit à pied la via dei Giubonbari, puis la via dei Botteghe Oscure, et enfin la via dei Fori Imperiali. Marcher en plein soleil était pénible, et quand, enfin, elle atteignit son but, elle constata qu'elle était moite de transpiration. D'ailleurs, tout le monde autour d'elle souffrait à l'unisson : sur les échafaudages, les ouvriers suaient à grosses gouttes sous leur casque ; les passantes tiraient sur les bretelles de leur soutien-gorge pour les décoller de leurs épaules ; d'autres utilisaient les grands moyens, telles ces deux vieilles femmes qui calmaient la surchauffe de leurs pieds dans les eaux bienfaisantes d'une fontaine publique. Hélas pour elles, la maréchaussée ne l'entendait pas de cette oreille : un policier peu compréhensif qui faisait sa ronde leur intima l'ordre de respecter la décence. Le même fonctionnaire, en revanche, ne parut pas choqué par la nudité d'un groupe d'adolescents qui avaient ôté leur chemise... En croisant Graziella, l'un d'eux lui cria :

— Je t'adore ! Je veux que tu m'aimes aussi !

La via Giulia était une très large avenue pourvue, sur un côté, d'un minuscule rebord servant de trottoir ; les piétons pouvaient s'y réfugier pour tenter d'échapper aux assauts meurtriers des voitures et

119

des scooters qui les frôlaient à une vitesse folle. Sur le trottoir opposé, les véhicules étaient garés n'importe comment, le capot appuyé contre les façades des immeubles. A l'évidence, les places de stationnement étaient chères ! Malgré la circulation, une sorte de torpeur grise flottait sur le quartier presque désert, où boutiques et restaurants affichaient : « Fermé en août ».

Tout à coup, la jeune fille perdit un peu de son assurance, et une vague appréhension s'empara d'elle. Elle s'arrêta pour s'examiner dans la vitrine d'une petite boulangerie, mais, cette fois-ci, ce n'était plus pour vérifier qu'elle avait l'apparence d'une authentique Américaine. Non, ce qui l'intéressait, c'était son pouvoir de séduction. Elle se rassura : oui, ça pouvait aller, elle était mignonne, les joues ainsi rougies et les traits accusés par l'accablante chaleur estivale. Puis elle se reprit : pourquoi, pour qui voulait-elle être mignonne ? Pour son père ? Comme si cela avait de l'importance, franchement !

Il était temps de s'intéresser aux numéros de la rue. Ah ! Voilà le 25, via Giulia. Et là, le 29. En face, c'était le 30. Soudain, Graziella se retrouva en face du numéro 31, où, sur une vitrine, des lettres rouges, discrètement disposées en demi-cercle, annonçaient : « Galleria Massimiliano Caracci ». Apparemment, Massimiliano Caracci avait réussi.

La jeune fille resta un long moment plantée devant la galerie de son père, les yeux fixés sur les lettres rouges avec autant d'intensité que si elle examinait un visage, le visage que Massi montrait aux gens. Un écriteau placé sur la porte informait les visiteurs que la galerie était fermée, mais cela ne l'empêcha nullement de sonner. Presque aussitôt, une belle femme aux cheveux noirs ouvrit.

— *Buongiorno*, dit Graziella.

Après un moment d'hésitation, elle demanda :

— *Parla inglese* ?

Le visage de la femme se détendit.

— Oh mon Dieu, bien sûr, je parle anglais ! Je suis du Vermont. Je ne peux pas vous dire à quel point je suis contente d'entendre quelqu'un parler une langue que je comprends vraiment...

Elle s'arrêta quelques secondes avant d'annoncer :

— Mais malheureusement, la galerie est fermée pendant tout le mois. Tout est fermé à Rome pendant le mois d'août. Vous devez avoir l'impression de vous trouver dans une ville fantôme !

— En fait, je voulais voir M. Caracci.

— Oh, Massi n'est pas là.

La femme prononça son nom avec une familiarité trahissant une grande intimité.

— Mais puis-je vous aider en quoi que ce soit ? poursuivit-elle.

— Savez-vous quand il sera là ?

Pour la première fois, la femme fronça les sourcils.

— C'est professionnel ou personnel ?

Graziella n'avait pas prévu de trouver quelqu'un d'autre à la galerie. Vite, il fallait inventer une réponse.

— C'est personnel, finit-elle par concéder. Massi est un vieil ami de ma mère. C'est elle qui m'a recommandé d'aller le voir, puisque j'étais à Rome.

La facilité avec laquelle ce mensonge partiel était sorti de sa bouche la surprit elle-même.

— Je n'ai pas l'habitude de m'imposer chez des gens que je ne connais pas, mais ce matin, je me suis dit : pourquoi pas ?

Ces paroles parurent apaiser son interlocutrice, qui la regarda avec une expression nettement plus aimable. Malheureusement, elle lui apprit que Massi séjournait dans sa résidence d'été de Porto Ercole, dans la péninsule d'Argentario, jusqu'au début du mois de septembre. Son absence durerait encore au moins trois semaines.

Graziella ressentit une sensation d'oppression désormais familière. Septembre. Elle ne pouvait attendre jusqu'en septembre. C'était comme si son père l'avait abandonnée une seconde fois.

— Cela vous ennuierait-il si je profitais de mon passage pour visiter la galerie en vitesse ? demanda-t-elle.

La femme hésita.

— Je ne devrais pas...

Mais elle ne termina pas sa phrase.

— Oh, non, au fond, il n'y a pas de problème, se reprit-elle. A propos, je m'appelle Becky...

La galerie se composait de quatre salles dont les dimensions allaient crescendo. Un tapis gris recouvrait le sol, et une verrière surmontait chaque salle. La dernière s'ouvrait sur un jardin intérieur où une végétation luxuriante entourait une fontaine. L'eau jaillissait de la bouche béante de deux élégants dauphins en marbre.

Oui, tout ce décor correspondait bien au goût de Massi. D'après la description faite par Sarah, celui-ci détestait les musées, car, avait-il confié à Lizzie, ils dénaturaient l'art en lui ôtant toute vie. En dépit de l'absence de tableaux sur les murs, la jeune fille ne put s'empêcher d'admirer l'impression de vie créée par les plantes, l'eau, les hauts plafonds et les verrières, qui semblaient faire entrer l'atmosphère du matin.

Elle traversa les salles, Becky sur ses talons.

— Massi va organiser un grand vernissage le vingt septembre, dit cette dernière. Il exposera de jeunes artistes venus du monde entier. C'est pour cela que les salles sont vides pour l'instant.

— Ce décor tranche avec ce que l'on trouve habituellement dans une galerie, fit observer Graziella.

Au même moment, le téléphone sonna au loin, à la réception. Becky se précipita pour répondre.

La réception était une petite pièce carrée située à droite de la porte d'entrée. Elle était agencée de façon simple : un vieux bureau de bois, une plante en pot, une machine pour les cartes de crédit, des piles de papiers.

— Si calme que tu aurais du mal à imaginer, disait Becky au téléphone.

Puis, d'une voix un peu inquiète :

— Comment te sens-tu aujourd'hui ?

Derrière l'espace prévu pour la réception se trouvait un grand bureau en merisier. Même s'il ne comportait pas de nom, Graziella savait qui y travaillait. Ses yeux se posèrent sur les objets appartenant à son père : un stylo à plume en or, une pendule en or, un coupe-papier en argent, des pinces à papiers, des punaises, une pile de cartes de visite, un ordinateur portable. Puis, en se penchant, elle aperçut une énorme enveloppe timbrée destinée à être envoyée au Signore Massimiliano Caracci à son adresse de vacances, à Porto Ercole.

— Non, poursuivait Becky, j'aimerais beaucoup,

mais mes parents seront encore ici. Je pense que je vais les emmener à Ostie ou quelque chose comme ça. Ma mère voudrait aller à Pompéi, mais c'est trop loin et il fait trop chaud en ce moment.

Graziella se répéta mentalement l'adresse à plusieurs reprises, avant de s'apprêter à partir. Elle saisit les derniers mots de Becky :

— O.K., Massi. Moi aussi, je t'aime. Ne te fatigue pas trop, d'accord ? A dans quinze jours.

« O.K., Massi. » Son père ! Pendant tout ce temps, cette femme avait parlé à son père ! Cette proximité indirecte était exaltante et en même temps troublante. « Moi aussi, je t'aime. A dans quinze jours. » Pas étonnant que cette Becky ait prononcé son nom avec tant de familiarité. Massi par-ci, Massi par-là. Etaient-ils mariés ? Fiancés ? Ou alors, est-ce qu'elle n'était que sa maîtresse ?

Graziella se dirigea vers la porte.

— Oh ! s'exclama Becky avec un petit rire. Où ai-je la tête ? Il y a quelqu'un ici qui voudrait te voir.

Elle plaça sa main sur le combiné et cria à la jeune fille :

— Rappelez-moi comment vous vous appelez ?

Graziella, qui n'avait pas donné de nom, avait déjà presque franchi le seuil.

— Ne vous inquiétez pas, je reviendrai une autre fois.

Puis elle s'enfuit en courant et dévala la via Giulia sans se retourner.

— Pouvez-vous m'indiquer le meilleur moyen de me rendre de Rome à Porto Ercole ? demanda Graziella au réceptionniste de sa pension.

Il était déjà tard, et la jeune femme se sentait

éreintée. Après son départ précipité de la galerie, elle s'était arrêtée pour reprendre son souffle et réfléchir. Elle avait décidé de partir à la recherche d'un endroit calme, un musée ou une place bien tranquille. Elle avait consulté son guide et mis le cap sur la colline de l'Aventin et le cimetière protestant. Elle y avait passé la majeure partie de l'après-midi. Elle était ensuite revenue au Campo dei Fiori en longeant le fleuve.

A présent, elle se retrouvait à l'hôtel, ruisselante de transpiration, avec les jambes moulues et les pieds en marmelade. Paolo, le réceptionniste, était un garçon aux manières formelles, mais légèrement ironiques ; il lui donnait du « Madame » en s'inclinant légèrement à chaque fois qu'il s'adressait à elle. Il partageait une conversation animée avec un jeune homme qui l'avait rejoint derrière le comptoir.

Paolo leva la tête et lui répondit :

— Ce n'est pas très facile, madame. Vous avez une voiture ?

Graziella secoua négativement la tête.

— Mais je pourrais peut-être en louer une ?

Le réceptionniste fit la grimace.

— Vous ne tenez peut-être pas à la vie, mais moi j'y tiens pour vous. Bon, d'accord, une fois sortie de Rome, vous devriez pouvoir vous débrouiller. Mais le problème, c'est de sortir de Rome.

Il hésita, puis reprit :

— Vous savez où vous logerez à Porto Ercole ? Dois-je vous réserver quelque chose ?

— Oh oui, ce serait parfait, répondit la jeune fille.

La proposition de Paolo lui convenait d'autant

plus qu'elle ne se fiait pas outre mesure à ses connaissances en italien et qu'elle ignorait si la chance continuerait à lui sourire en lui permettant de rencontrer des anglophones.

— Mais je n'ai pas les moyens de m'offrir un palace, ajouta-t-elle sur un ton d'excuse. Si vous pouviez me trouver un endroit pas trop cher...

— Ne vous inquiétez pas, madame, je vais m'occuper de ça.

Paolo attrapa le téléphone, composa un numéro et se lança dans un flot de paroles sans quitter l'Américaine des yeux une seconde. Lorsqu'il raccrocha, il gribouilla le nom d'un hôtel sur un morceau de papier, qu'il lui tendit.

— Merci, dit-elle. Et... Il y a un train ou un bus qui pourrait me conduire à Porto Ercole ?

Paolo lui apprit qu'il n'existait pas de service direct entre Rome et cette côte. Il ajouta que, de toute façon, les conducteurs faisaient grève.

— Nous aurions dû y penser avant de passer la réservation, dit-il avec un haussement d'épaules. Mais vous pouvez toujours louer une voiture avec chauffeur.

— D'accord, mais cela me reviendra cher, non ?

Paolo fit la moue. A l'évidence, il était accoutumé aux riches Américains qui n'avaient aucun souci de cet ordre.

— Oui, admit-il avec un petit soupir désolé. Mais vous savez, madame, tout est cher, de nos jours. Disons deux cents, trois cents dollars, et ça, uniquement pour l'aller.

— Je ne peux pas me le permettre, murmura Graziella après avoir fait ses calculs.

— Vous ne connaissez personne qui puisse vous

emmener ? Vous n'avez ni copain, ni oncle, ni neveu ?

Le jeune homme qui se trouvait derrière le comptoir avec Paolo prit alors la parole.

— Si elle avait un neveu, il aurait cinq ans ! C'est trop jeune pour avoir son permis.

Avec un geste en direction du réceptionniste, il ajouta :

— Tout ça pour montrer qu'il connaît le mot « neveu » en anglais !

Il s'agissait d'un très beau jeune homme d'une vingtaine d'années environ, aux cheveux de jais et au teint mat. Mais en premier, on remarquait ses yeux bleu turquoise.

Les deux jeunes gens s'étaient lancés dans une conversation animée. Résignée, la jeune fille les abandonna provisoirement à leur conciliabule et s'installa sur un banc. Soudain découragée, elle se sentit seule et désemparée. Puis son désarroi se mua brutalement en colère, une colère dirigée contre elle-même. Que faisait-elle en Italie ? Et d'ailleurs, à quoi rimait cette histoire de plan ridicule ? La réponse était simple : ce n'était pas un plan. Comme une idiote, elle s'était tout bonnement laissée aller à son impulsivité, elle avait foncé tête baissée sans réfléchir. Lucy, sa colocataire, lui avait pourtant bien recommandé de ne prendre aucune décision importante immédiatement après la mort de sa mère : « Tu risques de te fourrer dans des coups complètement pourris. Regarde, moi, par exemple, je me suis fiancée avec un mec que je n'aimais pas, uniquement pour avoir l'impression de faire partie d'une famille. Heureusement que j'ai cassé à temps ! »

Qu'était-elle venue faire dans ce foutu pays ? Elle avait les jambes en compote, les pieds gonflés comme des ballons, elle mourait de faim et de soif. Quelle mouche l'avait piquée ? Elle avait sans doute cru qu'il lui suffirait de paraître à Rome pour retrouver un père impatient de lui ouvrir sa porte !

Une larme roula le long de sa joue. Trop lasse pour l'essuyer, elle la laissa couler.

— *Signorina !* entendit-elle tout à coup.

Elle leva les yeux et vit le second jeune homme, celui aux yeux bleus, qui la dévisageait avec une expression inquiète.

— Non, il ne faut pas...

Il hésita, puis se lança :

— Moi, je peux vous emmener, d'accord ?

— M'emmener où ?

— Au monte Argentario.

— Mais je n'ai pas d'argent pour louer une voiture avec chauffeur.

— Plus tard. Nous nous occuperons de cela plus tard, d'accord ? Bon, il vaut mieux que je vous le dise tout de suite, ce n'est pas une voiture de luxe, mais elle tiendra bien jusque-là, et c'est le principal.

— Mais je ne sais même pas qui vous êtes !

Le jeune homme tendit la main :

— Andrea Pisanelli.

Paolo intervint à son tour :

— Andrea est un type bien, je vous le garantis. Vous pouvez lui faire confiance.

— Mais il y a un petit problème, c'est qu'aujourd'hui, ce ne sera pas possible, reprit le garçon aux yeux bleus avec une grimace. Parce que ma voiture est au garage. Elle fait un drôle de bruit, une espèce de cri, on dirait que le moteur a mal... Elle ne sera réparée que tard dans la soirée. Ça ira si nous partons demain matin de bonne heure ?

Le lendemain matin, à sept heures et demie, un break bleu sale attendait Graziella devant la porte de la pension. Andrea débarrassa la jeune fille de ses valises en les rangeant dans le coffre. Puis, ouvrant la portière côté passager, il lui fit signe de monter. En dépit des économies qu'elle réalisait, elle ne pouvait s'empêcher de se sentir un peu anxieuse : combien allait lui coûter ce voyage ? Cependant, devant la bonne humeur d'Andrea installé au volant, elle se détendit.

— *Signorina*, avez-vous passé une bonne nuit ?

— Très bonne, merci.

En réalité, le décalage horaire et l'appréhension, sans parler de l'air conditionné qui refusait de rafraîchir la pièce, l'avaient maintenue éveillée pendant des heures.

— Je ne connais pas votre nom ? dit Andrea, avec un point d'interrogation dans la voix.

— Graziella. Graziella Orman.

— Vous êtes américaine, je me trompe ? Mais vous portez un prénom italien ?

Il n'attendit pas sa réponse.

— J'ai deviné tout de suite que vous étiez américaine, ajouta-t-il, très sûr de lui.

— Ah oui ? Pourquoi ?

— Je ne sais pas... C'est peut-être la façon dont vous portez votre jean. J'aime beaucoup. Ici, en Europe, on ne sait pas porter les jeans comme ça. Il y a toujours un petit quelque chose qui cloche, un centimètre par-ci, un centimètre par-là. Mais vous, votre jean vous va comme un gant.

Réprimant un rire, mais néanmoins embarrassée, la jeune fille se contenta de remercier son cha-
leureux admirateur.

Pendant son insomnie, dans ses fantasmes les
plus débridés, elle avait imaginé faire le voyage jusqu'à Porto Ercole en limousine noire, une Mercedes
peut-être, avec repose-pieds et lampe de lecture.
Mais la dure réalité était là. Elle était assise à l'arrière d'un break vétuste où des relents d'odeur de
cigarette viciaient l'air, et dont le moteur émettait
un léger cliquetis. La radio marchait, un air d'opéra
emplissait l'habitacle.

Ils avaient franchi les limites de la ville. La campagne verte qui les entourait apportait un véritable
soulagement après le dédale des rues encombrées
et la chaleur inerte qui pesait sur la cité. Après
toutes ces maisons, ces quartiers ouvriers, ces
complexes industriels affichant leur nom en lettres
de néon fluorescent, le spectacle des prés où pais-
saient les chèvres et les moutons apaisait Graziella.

Mais, bientôt, elle se désintéressa du paysage. Ses
yeux étaient irrésistiblement attirés par l'arrière de
la tête de son chauffeur, par le léger creux de sa
nuque tapissée de cheveux souples. C'était vraiment
un très beau garçon. Elle sentit son estomac se
contracter.

La voix du bel Italien la tira de sa rêverie.

— Donc, c'est votre premier voyage ici, en
Italie ?

On voyait le haut de ses lunettes noires dans le
rétroviseur.

— Oui.

— Et tout s'est bien passé jusqu'à présent ?

— Oui, oui, tout s'est bien passé.

Elle n'avait pas envie de parler. D'abord, parce que son charme l'intimidait un peu, ensuite, parce qu'elle sentait qu'il faisait un gros effort pour parler anglais.

Elle remarqua une forte concentration de femmes noires en tenue extrêmement légère sur le bord de la route. Dans son italien hésitant, elle demanda ce qu'elles faisaient là. Son chauffeur tourna vers elle un visage furibond.

— Ce sont des prostituées ! jeta-t-il. Elles polluent le paysage. Je suis désolé si elles vous choquent.

— Ne vous inquiétez pas, Andrea ! Je ne savais pas, c'est tout.

Il s'empressa de changer de sujet.

— Paolo m'a dit que vous ne connaissiez personne à Porto Ercole.

— Vous avez beaucoup parlé de moi, avec Paolo...

— Paolo est mon petit frère. Je l'aime beaucoup. Oh, il est bien un peu pénible, parfois, mais...

Il ne termina pas sa phrase.

Voilà qui expliquait pourquoi Andrea en connaissait si long sur elle.

— Vous êtes aussi belle que Paolo me l'avait dit, poursuivit-il.

Méfiance, méfiance... Le charme méditerranéen pouvait faire des ravages ; sa mère en avait su quelque chose. Graziella ignora le compliment.

— Non, je ne connais personne à Porto Ercole, mais je suis peintre, expliqua-t-elle. Et comme on m'a recommandé cet endroit, j'avais envie de le connaître.

— Donc, vous ne connaissez personne là-bas et vous décidez d'y aller, toute seule, comme ça ?

131

Andrea paraissait incrédule. Mais il n'attendit pas sa réponse.

— J'admire votre courage.

Il se tut quelques instants, le temps de dépasser la voiture qui le précédait. Puis il reprit :

— J'aime les Américains. Vous, quand vous avez envie d'entreprendre quelque chose, vous n'hésitez pas, vous foncez... Vous faites ce que vous avez envie de faire sans vous poser un tas de questions. Nous, nous sommes beaucoup plus fermés.

Mise en confiance, la jeune fille commença à bavarder avec son compagnon comme avec un vieil ami. Comme avec Eric. Eric... Elle songeait à lui pour la première fois, et elle ressentit une pointe de culpabilité à son égard. Ne lui avait-elle pas promis de l'appeler dès son arrivée ? Oui, mais elle avait été submergée par toutes ses découvertes dans ce pays inconnu, et elle avait oublié, tout simplement.

— J'aimerais bien aller aux Etats-Unis un jour, lui confia Andrea. Mais il me faudrait une très bonne raison pour ça... Pour y retrouver une fille que j'aimerais, par exemple.

— Est-ce que vous aimez une fille, ici ? demanda Graziella, en se mordant les lèvres aussitôt après.

Quelle mouche l'avait piquée pour oser poser des questions aussi intimes ?

Il y eut un silence, puis Andrea saisit ses yeux dans le rétroviseur pendant plusieurs secondes, avant de détourner le regard.

— Eh bien... Je ne sais pas vraiment quoi répondre à cette question, dit-il enfin. Vous m'excusez si je m'arrête un petit moment ?

Il stoppa la voiture sur le bas-côté, ouvrit sa portière d'un geste brusque et descendit. Sortant un paquet de cigarettes de sa poche de chemise, il en ficha une entre ses lèvres et l'alluma. Il inhala profondément, avec concentration, en tournant le dos à sa passagère. Puis il se retourna et frappa à sa vitre.

— Je fume et je sais que les Américains sont contre. Alors...

— Aucun problème, la fumée ne me dérange pas tant que ça, l'interrompit Graziella.

— La cigarette, c'est comme un bouchon, et moi, je suis comme une bouteille. Vous comprenez ce que je veux dire ?

Elle ne comprenait pas, mais elle hocha la tête malgré tout.

Andrea explicita sa pensée :

— Quand j'ai envie de dire certaines choses et que la nervosité ou la crainte m'en empêche, au lieu de parler, je mets ça... cette espèce de bouchon dans ma bouche, et je le fume.

— Mais il n'y a pas de problème, je vous assure...

Andrea jeta sa cigarette et grimpa sur son siège.

Graziella se lança :

— Pourquoi... Qu'aviez-vous si peur de me dire, et que vous vouliez quand même me révéler ?

Andrea haussa les épaules :

— On verra ça une autre fois, d'accord ?

Sans insister, elle se blottit au fond de son siège. Abrutie par le manque de sommeil, elle s'assoupit et ne se réveilla qu'en sentant l'odeur fraîche de la mer qui s'engouffrait par la vitre ouverte.

Elle aperçut un petit panneau presque caché qui indiquait Porto Ercole. De grands arbres plantés avec une précision géométrique bordaient la route. Ils se trouvaient au nord de Rome, où le paysage était plus plat. Mais au bout de quelques kilomètres, des collines se formèrent. Maintenant, elle distinguait des voiliers à travers un rideau d'arbres et d'autres bateaux à l'amarrage. Une montagne apparut bientôt sur sa gauche, derrière laquelle surgit, comme par magie, l'ovale parfait d'une baie bleue bordée de constructions.

— C'est la mer Tyrrhénienne, annonça son compagnon. Elle change de couleur sans arrêt.

Andrea n'avait pas prononcé une parole depuis une bonne heure, pourtant, la jeune fille avait surpris son regard dans le rétroviseur à plusieurs reprises.

— On arrive à Porto Ercole. Les Romains l'appelaient Portus Herculis.

Le cœur de Graziella manqua un battement. C'était officiel, à présent : elle se trouvait dans la même ville que son père. Elle dévora le décor des yeux en écoutant les commentaires d'Andrea d'une oreille distraite :

— La reine des Pays-Bas vient parfois passer ses vacances ici... Elle débarque de son yacht et file directement dans sa villa de la montagne... Vous verrez les plages, elles sont splendides, c'est un sable blanc, tout ce qu'il y a de plus fin... Vous pourrez faire de la voile et des tas d'autres sports nautiques... Il y a des criques qu'on ne peut atteindre que par la mer... Vous voyez les fortifications sur la colline, elles ont été construites pendant la guerre contre l'Espagne...

Le centre de la ville était bourré de touristes. A grand-peine, son chauffeur se fraya un chemin à travers un entrelacs de ruelles étroites. Enfin, il s'arrêta sur la route du bas de la colline, face à la mer, devant le quartier général des marchands de poisson.

— Rappelez-moi le nom de votre hôtel ? s'enquit-il.

Graziella ne lui répondit pas tout de suite ; elle était trop occupée à dévisager le moindre représentant de la gent masculine. Cet homme en short bleu et en chemise blanche qui gravissait la colline d'un pas alerte, là-bas, c'était peut-être Massi. Et celui-là, qui attendait quelqu'un devant la boutique du glacier, avec une cigarette allumée entre les doigts et des mégots écrasés par terre devant lui, ce pouvait aussi être lui. Ou alors celui-ci, qui marchait en tenant par la main une petite fille mâchouillant du chewing-gum... Leur maillot de bain était mouillé, ils revenaient sûrement de la plage...

Et si Massi était rentré à Rome ? Peut-être s'étaient-ils croisés sur la route sans même le savoir. Et si Massi en avait eu assez de Porto Ercole, et s'il était parti au nord, au bord du lac de Côme, ou sur le lac de Garde, ou à Venise, ou en Ombrie, ou à Pise... ?

Répondant enfin à la question d'Andrea, elle lui indiqua le nom de sa pension.

C'était un petit hôtel à la façade peinte en jaune vif, situé face à la mer. Ils descendirent de voiture et le jeune homme porta ses valises dans le hall.

— Combien vous dois-je ? lui demanda Graziella.

Andrea avança les lèvres et se toucha le front en faisant mine de réfléchir.

— Quel jour sommes-nous ?

— Jeudi, répondit la jeune fille, interloquée. Pourquoi ?

— Vous savez, en Italie, il y a une règle que les touristes ne connaissent pas toujours : tous les voyages en voiture qui ont lieu le jeudi sont gratuits.

— Non... commença-t-elle.

— Heureusement, c'est une règle peu connue. Vous vous rendez compte de ce qui se passerait si ça se savait dans le monde ? Ce serait affreux ! Toute l'économie du pays s'écroulerait en quinze jours ! Mais vous pouvez faire quelque chose pour moi.

— Quoi ? s'empressa-t-elle de demander, complètement confondue par la générosité de son chauffeur.

— Accepteriez-vous de dîner avec moi ce soir ? Ou demain ? Nous pouvons nous voir demain, si vous préférez.

— Mais... Vous ne deviez pas retourner à Rome ?

— Evidemment, vous n'y comprenez rien.

— Qu'est-ce qu'il y a à comprendre ?

Andrea se mit à se tordre les doigts, avec l'air d'un enfant pris en faute.

— C'est vrai, je l'avoue, je ne suis pas un chauffeur professionnel. Je ne suis qu'un simple étudiant, et ma voiture n'est pas ce qu'on peut appeler une voiture de luxe. Alors, je vais vous expliquer : Paolo m'a dit qu'il y avait une fille superbe à l'hôtel, et que cette fille était tout à fait mon genre. Il m'a dit aussi que personne ne l'avait demandée au téléphone. En général, quand on a une copine qui part en voyage, on se dépêche d'appeler pour savoir si elle est bien arrivée. De plus, cette fille ne connaît personne à Porto Ercole, pas de copain, rien du tout. Conclusion : elle est libre.

Il s'éclaircit la voix avant de reprendre :

— Alors, je me suis dit que ça me plairait assez d'aller au monte Argentario avec cette fille.

Il y eut un silence.

— Et... Est-ce que vous m'en voulez de vous avoir déçue ?

Graziella le regarda, amusée. Elle comprenait à présent l'état pitoyable de la voiture. D'une certaine façon, ils jouaient au même petit jeu, tous les deux : ils se faisaient passer pour quelqu'un d'autre.

La vision d'Eric lui traversa fugitivement l'esprit.

— Oh non, je ne vous en veux pas du tout, Andrea.

« Au contraire », se dit-elle, en proie à une excitation inattendue.

— Donc, on dîne ensemble ce soir ? insista le jeune homme. Ou on se voit demain matin au petit déjeuner ?

— Je ne peux pas, se força-t-elle à répondre après quelques instants de réflexion. J'ai beaucoup de choses à faire.

— On pourrait déjeuner ensemble demain, alors ?

— Demain, ça va être difficile.

— Pourquoi ? Qu'est-ce que vous avez à faire ? Vous m'avez dit que vous ne connaissiez personne à Porto Ercole.

— C'est vrai. Je ne connais personne. Mais j'ai... J'ai plein de choses à régler.

Andrea parut vexé.

— O.K. Message reçu cinq sur cinq. Dites-moi pourquoi, alors.

— Andrea, ce n'est pas du tout ce que vous pensez, s'empressa de le rassurer Graziella.

137

— Alors, dites-moi pourquoi vous ne voulez pas passer un peu de temps en ma compagnie ?

La tentation était trop forte. Elle céda.

— D'accord, on se voit demain au petit déjeuner, prononça-t-elle d'une voix qu'elle ne reconnut pas elle-même.

— Parfait. Je vous prends à votre hôtel à huit heures.

— Mais où allez-vous passer cette nuit ? s'inquiéta la jeune fille en le voyant s'éloigner.

Il se retourna :

— Moi ? Oh, pas de problème ! Je trouverai bien une chambre quelque part. De toute façon, je serai incapable de dormir, maintenant que j'ai fait votre connaissance.

Dans quel guêpier s'était-elle fourrée ?

Elle le regarda sortir, s'escrimer contre la portière de la voiture et se glisser à l'intérieur. Un étrange mélange de désir et de culpabilité l'étreignait. Eric... Et que devenait Eric dans tout cela ? Eh bien, l'image d'Eric était tout simplement remplacée par celle d'Andrea. Andrea et son regard incandescent, plein de timidité et de hardiesse à la fois.

Mais tout à coup, une troisième image se superposa sur celle des deux jeunes gens : celle de Massi, à l'âge de vingt-deux ans, posant contre son gré devant l'objectif de Lizzie, avec les deux mains dans les poches et, sur son mince visage au teint mat, une expression de mécontentement Massi ; l'homme pour lequel elle avait entrepris ce voyage.

Elle déposa ses bagages dans sa chambre et se changea.

Vêtue d'un short et d'un tee-shirt, elle partit à la

découverte de la ville où séjournait son père. Elle suivit la route étroite qui longeait le rivage, en humant avec délice l'odeur salée de la mer. Accoutumée aux lacs du Middle West, elle était fascinée par la présence de cette étendue d'eau qui paraissait s'étaler sans limite ni entrave. Le cliquetis des mâts des voiliers se mêlait au clapotis de l'eau contre le muret qui bordait le port. Cependant, cette eau n'était pas très attrayante. Andrea avait raison quand il parlait des couleurs de la mer Tyrrhénienne. Elle était verte par endroits, brune à d'autres et d'un drôle de rose vif un peu plus loin. Des algues vertes mêlées à des bouillons d'écume grasse entouraient les moteurs hors-bord.

Elle s'arrêta dans un restaurant en plein air où elle avala deux morceaux de pizza ainsi qu'un double expresso destiné à vaincre la torpeur qui s'était saisie d'elle sous ces latitudes méditerranéennes. Elle alla ensuite flâner devant les boutiques. Un marchand de primeurs jouxtait une crémerie qui exposait des bouteilles de lait frais, de la crème et des fromages. De l'autre côté, une boulangerie proposait des miches de pain bis entassées dans des corbeilles.

Curieusement, le nombre de promeneurs semblait avoir triplé en l'espace d'un quart d'heure. Le calme de cette fin d'après-midi avait été remplacé par l'animation née de ce qui lui sembla être une génération spontanée de gens qui déambulaient sans but précis. Des familles entières, le père, la mère, les enfants, tous en tenue de sortie, s'étaient déversées dans les rues.

Soudain, elle se rappela : bien sûr, c'était l'heure de la traditionnelle promenade du soir au cours de laquelle les familles italiennes arpentaient les rues de leur ville ! « Voyons si on en parle dans mon guide... » Joignant le geste à la pensée, elle plongea la main dans son sac et s'arrêta net.

C'était lui !

Elle le reconnut tout de suite. Mais ce ne fut pas grâce aux deux photos qu'elle avait toujours vues nichées entre les pages du livre de cuisine. Car il ne ressemblait plus au jeune homme en veste de cuir noir qui singeait *Le Penseur* de Rodin, ni au garçon qui faisait la tête sur la piazza Navona, contrarié d'être pris en photo. Ce ne fut pas non plus grâce à la vague description que lui en avait faite sa mère. Ni parce que Massi était l'un des rares passants qui ne semblait pas faire sa promenade : il fendait la foule en sens inverse, en portant deux sacs de plastique blanc qui, de loin, paraissaient contenir des achats d'épicerie.

Ce ne furent ni les photos ni les anecdotes qu'on lui avait racontées qui l'aidèrent à retrouver son père. Simplement, par une intuition infaillible, elle se reconnut en lui. C'était lui, et c'était elle, avec son allure décontractée, la courbe légère de ses hanches, l'angle de ses épaules, tout ce qu'elle avait cru n'appartenir qu'à elle.

Pétrifiée, elle suivit des yeux cette silhouette qui marchait le long du bord de mer, la tête légèrement baissée. Massi portait un large short flottant et son tee-shirt se soulevait légèrement au vent : elle, version masculine. Comment était-ce possible ? Comment pouvaient-ils se ressembler à ce point, tout en étant chacun si complètement soi-même, lui, au masculin, et elle, au féminin ?

Il s'arrêta pour échanger quelques mots avec un

homme qu'il rencontra à mi-chemin. La différence de taille entre lui et son interlocuteur était notable. Son père était plus petit qu'elle ne l'avait imaginé, un mètre soixante-quinze tout au plus. En dépit de ses quarante-quatre ans, il paraissait toujours vif et svelte. Il était presque trop mince, presque frêle.

Une révélation stupéfiante la frappa soudain : son père s'était matérialisé sous ses yeux. Son père était humain. Il était réel. Ce n'était pas une invention, ce n'était pas un personnage figé sur une photographie, ce n'était pas un nom mentionné au hasard d'une conversation par Sarah ou par sa mère. Il existait, et il se tenait à moins de vingt mètres d'elle, alors que toutes les images qu'elle avait forgées dans sa tête restaient celles d'un personnage mythique qui n'avait rien d'un être de chair et de sang.

Les yeux remplis de larmes, elle regarda s'éloigner la silhouette de son père qui avait repris son ascension de la colline. Elle ne bougea pas, n'esquissa pas un mouvement pour le suivre. Elle réservait leur première rencontre pour le lendemain.

Ce soir-là, accoudée à la fenêtre de sa chambre et plongée dans la magie du spectacle offert par les jeux de lumière sur les eaux noires du port, Graziella dut faire un effort pour se rappeler la raison de son voyage en Italie. Oui, elle avait été émue par la vue de son père, bien vivant à quelques mètres d'elle, sur le trottoir, décontracté et sûr de lui, en short et en sandales. Mais elle ne devait pas oublier un petit détail. Ce même homme qui gravissait la colline en portant ses courses dans un sac en plastique dormait sur ses deux oreilles et menait une petite vie tranquille, loin de toute responsabilité, sans la femme et sans l'enfant qu'il avait rejetées vingt-deux ans plus tôt.

Et pourtant, même en demeurant à des milliers de kilomètres d'elle, il avait toujours exercé un pouvoir sur sa vie. Il avait été présent derrière la moindre de ses décisions, celles qu'elle avait prises et celles qu'elle avait été incapable de prendre. C'était lui qui avait décidé de son destin. Sans son influence, elle n'aurait pas été élevée où elle l'avait été. Elle aurait peut-être grandi à Rome ou, pourquoi pas, à Porto Ercole. Son enfance s'était déroulée dans la solitude, auprès d'une mère célibataire qui avait tout sacrifié pour élever sa fille unique. Tout cela, elle le devait à cet homme.

Elle était venue en Italie pour exorciser ses souvenirs. Elle allait enfin pouvoir se libérer de l'emprise de son père.

4

Elle avait passé beaucoup de temps à se trouver un nom. Le plus facile avait été de trouver les prénoms à éliminer d'office. Impossible de s'appeler Sophia, comme Sophia Loren, qui venait automatiquement à l'esprit. Pas question non plus de choisir Gina ou Silvana... L'association avec les prénoms des belles actrices aux yeux de braise, jouant dans les vieux films qu'elle regardait à la télévision avec sa mère, durant les longs hivers du Wisconsin, eût été immédiate !

Puis elle s'était dit qu'elle n'était pas tenue de choisir un prénom italien. Après tout, elle était censée séjourner en Italie en tant que touriste. Sans compter qu'elle s'était suffisamment plainte auprès de sa mère de ce drôle de prénom, Graziella. Elle en avait assez souffert, entourée comme elle l'avait été de Kris, d'Amber, de Nina, de Jennifer. Ne tenait-elle pas sa chance de se faire plaisir en se dotant d'un prénom qui cesserait de la singulariser ?

Dans l'avion, Graziella avait entendu un membre de l'équipage demander à une certaine Anna Dineen de se faire connaître. La voix éthérée de l'hôtesse répétant le message quelques minutes plus tard lui avait donné l'inspiration qui lui manquait : en Italie, elle se ferait appeler Anna.

Persuadée de ne plus revoir Andrea après son arrivée à Porto Ercole, elle lui avait révélé sa véritable identité. Le sort en avait décidé autrement, mais cela n'avait pas d'importance. En fait, elle était heureuse de ne pas l'avoir dupé, car Andrea ne faisait pas partie de son plan, son chemin ne croiserait pas celui de Massi. En tous les cas, elle s'emploierait à l'éviter.

Plongée dans ses réflexions, Graziella se préparait à passer sa deuxième journée à Porto Ercole et rassemblait son matériel : quelques tubes de peinture à l'huile, une palette et un couteau, une toile et des punaises, ainsi que son petit chevalet portable.

Ainsi équipée, elle descendit dans le hall. Elle s'apprêtait à entrer dans la salle à manger pour avaler une tasse de café en attendant son chevalier servant, quand elle eut la surprise de l'apercevoir, assis sur le canapé du hall. Plus surprenante encore était son allure : il ne ressemblait plus du tout à l'étudiant rencontré la veille, vêtu comme il l'était avec une élégance décontractée, un sweater léger négligemment noué autour du cou.

A sa vue, il se leva d'un bond.

— Je vous avais bien dit que je n'arriverais pas à fermer l'œil, maintenant que vous êtes apparue dans ma vie, fit-il en l'embrassant sur les deux joues.

Il fanfaronna comme après un acte de bravoure :

— Je me suis levé à cinq heures et demie ce matin.

Graziella se sentit rougir. Quand avait-elle rougi pour la dernière fois ? D'ailleurs, lui était-il déjà arrivé de rougir ?

Pour cacher sa nervosité, elle demanda sans préambule :

— On prend le petit déjeuner ici ?

— J'ai pensé que nous pourrions retourner à mon hôtel. J'ai eu de la chance : ils ont reçu une annulation, et j'ai un bungalow pour moi tout seul. C'est privé, c'est très joli.

Graziella le dévisagea en cachant mal son appréhension.

— Mais non, ne vous inquiétez pas ! la rassura-t-il, amusé par son expression. Ils servent le petit déjeuner près de la piscine, pas dans ma chambre. Venez, ça va nous faire du bien de marcher.

Un quart d'heure plus tard, ils étaient installés sous un vaste parasol blanc, près des eaux bleues de la piscine de l'hôtel Pellicano. La papaye fraîche et les *cometti* étaient délicieux, et jamais elle n'avait dégusté meilleur jus d'orange. A l'évidence, ce luxueux hôtel était réservé à une clientèle internationale argentée. Comment se faisait-il que son compagnon y fût si à l'aise ? Il semblait s'y sentir comme chez lui.

Lorsqu'on apporta la note, il ignora les protestations de l'Américaine et demanda au garçon de la mettre sur son compte.

— Je ne veux pas que vous payiez pour moi ! s'insurgea Graziella.

Andrea émit un soupir désapprobateur.

— Vous êtes mon invitée dans ce pays. Je me charge de prendre soin de vous pendant votre séjour. D'accord ?

— Andrea, je peux régler moi-même !

— Je n'en doute pas Vous pouvez, mais moi, je ne le permettrai pas. Lorsque je viendrai aux Etats-Unis, c'est vous qui m'offrirez mon Coca-Cola et mon hamburger. Comme ça, nous serons quittes, d'accord ? Mais en attendant ce grand jour, vous êtes mon invitée.

Il sembla réfléchir quelques instants, puis se lança :

— Il faut que je vous dise, Graziella... J'ai la chance d'appartenir à une famille aisée. Mon père est riche. Mais l'argent n'a pas d'importance. Je ne veux pas qu'il se mette entre nous.

— Mais... Et Paolo ? ne put-elle s'empêcher de s'écrier.

— Paolo quoi ?

— Eh bien...

Graziella était un peu embarrassée.

— Paolo travaille dans un hôtel. A la réception. Et vous venez de dire que votre famille...

— Oui, l'interrompit Andrea avec un regard amusé. Cet hôtel appartient à ma famille. Elle en possède trois en tout, deux à Rome, un à Todi. Mais tout le monde travaille, et Paolo aussi.

En quittant l'établissement, ils se promenèrent le long du port. Andrea prit la main de la jeune fille dans la sienne. Ils s'arrêtèrent pour regarder les bateaux sortir en mer. C'était l'heure du départ pour la pêche quotidienne. Graziella jeta un coup d'œil à sa montre et annonça :

— Il faut que je parte.

— Où donc ?

Quelle explication donner ?

— Il faut que je parte, c'est tout. Je veux peindre, précisa-t-elle.

— Il le faut vraiment ?

Oui, il le fallait vraiment. Et pourtant, en cet instant, elle ne souhaitait qu'une chose : rester là où elle était, sur ce quai baigné de soleil et imprégné des odeurs mêlées de la mer et du port, avec la main d'Andrea dans la sienne. Mais elle ne pouvait se le permettre, si elle voulait voir réussir son plan.

— Quand est-ce que je vous revois ? demanda Andrea.

— Demain, répondit-elle.

Il insista :

— Demain quand ?

Ils convinrent de se retrouver à deux heures, pour le déjeuner, à l'hôtel de la jeune femme. Andrea tint à porter ses sacs jusqu'à sa pension. Lorsque l'instant de la séparation fut arrivé, il mit la main à sa poche, en sortit ses cigarettes et en alluma une. Graziella rit.

— Qu'est-ce qu'il y a ? demanda-t-il d'une voix brève.

— Je ris, c'est tout.

— Et qu'est-ce qui vous fait rire ? J'espère que vous ne riez pas de moi !

— Je ris parce que vous fumez, expliqua-t-elle, et hier, vous m'avez dit que vous fumez quand vous ne pouvez pas dire ce que vous avez dans la tête.

Andrea plongea ses yeux dans les siens et jeta sa cigarette à demi consumée sur le trottoir.

— D'accord, vous avez gagné, dit-il avec un soupir. J'ai envie de vous embrasser, là ! J'en ai envie depuis que je vous ai vue à Rome. Et je suis en train de me creuser la cervelle pour savoir si je dois vous demander la permission, ou si je dois oublier ma bonne éducation et me passer de votre autorisation.

La gorge nouée, Graziella répondit dans un souffle :

— Pourquoi ne le fais-tu pas, tout simplement ?

— Tu veux dire maintenant ? Ici ?

— Oui.

La bouche d'Andrea avait un goût de tabac et d'orange mélangés. Lorsqu'ils se séparèrent, il murmura presque amèrement, comme pour lui-même :

— *Penso che sto cadendo nell'amore con voi.*

Troublée, elle demanda d'une voix douce :

— Qu'est-ce que ça veut dire ?

Mais il s'était déjà détourné, et elle le regarda disparaître dans le dédale des ruelles.

Bon. Maintenant, il était temps.

La réceptionniste de la pension lui avait indiqué que la via dei Panteras où résidait Massimiliano Caracci se situait dans les hauteurs dominant la ville. Après avoir longé le port, elle s'engagea dans une rue étroite qui serpentait à travers une colline. Au bout de quarante-cinq minutes d'efforts, elle fut ravie d'apercevoir une plaque annonçant qu'elle était arrivée au bout de ses peines.

Médusée, elle resta clouée sur place devant la propriété de Massimiliano. Tout lui plaisait : le gravier blanc usé de l'allée, la boîte à lettres verte mangée de taches de rouille, la rangée d'oliviers bordant la villa, la bâtisse de taille moyenne, couleur de pêche mûre, et, surtout, la vue imprenable sur le port de Porto Ercole... Le tout, au milieu d'une végétation luxuriante, qui paraissait livrée à elle-même, comme si le propriétaire avait décidé de laisser faire la nature. Une petite plaque cachée par une touffe d'herbe signalait en lettres noires délavées : I Perazzi.

Un parfum de romarin sauvage, mélangé à une enivrante odeur de sel, baignait l'atmosphère. Graziella traversa l'allée et longea la maison pour se

148

diriger vers une pelouse mal entretenue. Ce fut là qu'elle choisit de s'installer.

Elle plaça son chevalet de façon à tourner le dos à l'éclatante lumière du ciel, puis déroula une toile qu'elle punaisa sur le chevalet ; elle mélangea ensuite la peinture sur sa palette.

Ces préparatifs ordinaires, auxquels elle se livrait habituellement les yeux fermés, lui prirent plus de dix minutes. Tous ses sens étaient en alerte. Elle restait aux aguets, attentive au moindre bruit, au moindre signe de vie émanant de l'intérieur du bâtiment. Mais il n'était que neuf heures et demie, et la maison semblait encore dormir à cette heure de la matinée. Les seuls sons audibles alentour étaient les chants d'oiseaux, le bruissement du vent à travers les pins et les oliviers et, de temps à autre, le bourdonnement lointain d'un moteur de moto ou de scooter.

Elle projetait de peindre le spectacle environnant de la façon la plus précise possible, en reproduisant l'énorme montagne bleu et vert qui se découpait à l'horizon, avec, en arrière-plan, l'azur du ciel qui coiffait les flots tranquilles de la mer Tyrrhénienne.

Un petit voilier fin comme une lame de rasoir filait dans le vent. Bientôt, il allait disparaître derrière le flanc de la colline. Vite, elle esquissa sa voile gonflée, posée sur les vagues vert sombre.

Trois heures plus tard, rien n'avait bougé dans la propriété. A l'heure du déjeuner, déçue de constater que son plan ne se déroulait pas comme prévu, elle posa ses pinceaux et s'approcha de la porte d'entrée avec précaution.

La villa était une belle demeure prolongée par une terrasse sur un côté. Quelques pierres commençaient à s'effriter. Derrière la maison, on apercevait une pergola abritant une petite table de verre et des chaises. Des feuilles parsemaient l'eau d'une petite piscine circulaire.

Graziella frappa trois coups à la porte, à l'aide d'un heurtoir en forme de fer à cheval couronné d'une fleur de lis. Elle scruta le battant de bois, en proie à une irrésistible impression de déjà-vu. Depuis toujours, elle répétait ce moment dans sa tête. Cette rencontre, elle l'avait imaginée des milliers de fois, dans les moindres détails : elle, la fille, sur le seuil de la porte, qui se préparait, un peu anxieuse, à être confrontée à son père et à son passé... Dans ses rêves, très maîtresse d'elle-même, elle était le calme personnifié. Mais aujourd'hui, au moment où ses rêves devenaient réalité, elle tremblait de tous ses membres.

Elle donna une nouvelle série de coups. Personne ne répondit.

Découragée, elle rassembla ses affaires et rentra à la pension, déçue. Dans sa chambre, elle fut prise de doutes. Etait-elle absolument certaine que l'homme aperçu dans la rue était bien son père ? Il s'agissait peut-être tout simplement de quelqu'un qui lui ressemblait beaucoup. Après tout, il existait une quantité de villes balnéaires dont le nom commençait par « Porto ». Peut-être avait-elle mal lu l'adresse sur l'enveloppe... Mais non, il n'y avait sûrement pas beaucoup de « via dei Panteras » en Italie. Et l'homme qu'elle avait vu marcher dans la rue de sa démarche décontractée ne pouvait être que Massi.

Ce soir-là, elle se promena le long des ruelles en espérant retrouver sa trace, mais en vain. A en juger par le nombre de yachts agglutinés dans le port, Porto Ercole n'était pas une ville de vacances pour pauvres. Graziella ne se sentait pas vraiment à sa place au milieu de cet étalage de richesse.

Elle dîna en vitesse dans une petite pizzeria, puis retourna dans sa chambre. Taraudée par la culpabilité, elle se décida à laisser un message sur le répondeur d'Eric à New York.

— Tu me manques, dit-elle en guise de conclusion.

En raccrochant, elle se rendit compte qu'elle n'avait pas laissé son numéro. Eric ne pourrait pas la rappeler.

Le jour suivant, un samedi, la matinée était belle et venteuse. Après avoir déjeuné d'un délicieux cappuccino et de *cometti*, elle reprit le chemin de la colline. Désormais, elle connaissait parfaitement le trajet : il fallait d'abord gravir quelques escaliers, puis marcher sur la route pendant un quart d'heure, avant de traverser un petit pré et d'escalader la pente raide qui menait à la via dei Panteras. Lorsque, épuisée, elle arriva devant l'allée de gravier blanc, il était dix heures.

Quelque chose avait changé : une voiture d'un rouge profond stationnait dans l'allée. Elle s'approcha et lut les lettres qui se détachaient à l'arrière : Lancia. Son cœur manqua d'éclater. Mais ce n'était pas le moment de s'affoler. Du calme, du sang-froid, de la décontraction !

Comme la veille, Graziella posa sa toile sur la pelouse, face au port et aux montagnes. Le même cérémonial se reproduisit : elle fixa soigneusement la toile sur le chevalet, mélangea les couleurs sur sa palette... Mais elle eut le plus grand mal à se concentrer : son père était sorti de la maison.

Massimiliano Caracci, muni d'un chiffon turquoise et d'une brosse à poils blancs, se dirigea vers sa voiture pour balayer les feuilles qui en jonchaient le toit, avant de les ramasser et de les jeter dans l'une des deux poubelles placées au bout de l'allée.

Au moment où il s'apprêtait à rentrer à l'intérieur, il aperçut la jeune fille.

— Hé là ! cria-t-il.

Graziella ne bougea pas d'un cil. Stupéfait, Massi se dirigea vers elle d'un pas décidé.

— Que faites-vous ici ? Vous êtes dans une propriété privée ! Vous n'avez pas le droit... Vous voulez que j'appelle la police, c'est ça ?

A la vue de son regard noir à l'expression furieuse, Graziella frissonna. Il était impressionnant. Incapable de faire un geste, elle le dévora des yeux en oubliant totalement qu'elle était Anna Dineen, une touriste américaine, venue en Italie pour s'y adonner à une seule activité : la peinture.

Pour la première fois de sa vie, elle avait son père devant elle. Il se tenait si près d'elle qu'il lui eût suffi de tendre la main pour le toucher. En cet instant, elle comprit qu'inconsciemment, elle avait espéré qu'il la reconnaîtrait. C'était l'un de ses fantasmes. Dans ses rêves, dès le premier regard, son père savait d'instinct qui elle était, grâce à la voix du sang.

Cependant, dans les yeux de Massi, elle ne détecta aucune lueur de reconnaissance. Elle n'y lut qu'un vif mécontentement.

— *Mi dispiace, signore*, dit-elle du ton le plus désolé possible. *Parla inglese* ?

Massi s'arrêta net.

152

— Oui, répondit-il avec un bref mouvement de tête. Oui, je parle anglais. Qui êtes-vous ? Que faites-vous chez moi ?

Le mieux était de faire l'innocente.

— Je suis désolée. Je cherchais un endroit pour peindre. Comme il n'y avait personne, j'ai pris la liberté de monter jusqu'ici pour poser mon chevalet.

D'un geste à la fois nerveux et inconscient, elle attrapa la mèche de cheveux qui lui barrait la figure et la plaça derrière son oreille. Massi ne la quittait pas des yeux. Son visage était plus osseux qu'elle ne l'avait pensé, avec des traits légèrement jaunes qui la surprirent ; mais ses yeux noirs brillaient, intenses et intelligents.

Posant son pinceau, elle lui tendit une main hésitante :

— Mon nom est Anna Dineen. Je suis américaine, et c'est mon premier voyage en Italie.

Le contact de la main de son père sur la sienne l'électrisa. Pour cacher son émoi, elle se répandit de nouveau en excuses :

— Je ne savais pas que j'étais dans une propriété privée. Je pensais... Je ne sais pas au juste ce que je pensais ; je croyais l'endroit inhabité.

— Eh bien, vous vous êtes trompée.

— Je suis désolée, répéta-t-elle, toujours paralysée par la proximité de ce père mythique.

— Peut-être qu'ailleurs, on peut entrer chez les autres comme on veut, mais ici, c'est interdit.

— Excusez-moi, répéta-t-elle une fois de plus, en désespoir de cause.

Massi se radoucit.

— Vous tremblez. Pourquoi ? C'est moi qui suis désolé, maintenant.

Il s'inclina légèrement, comme pour s'excuser :

— Vous m'avez surpris, c'est tout. Je vis seul...

Il s'interrompit soudainement, puis reprit d'un ton plus léger :

— J'ai quelque chose qui ne va pas ? Pourquoi me regardez-vous comme ça ?

Graziella baissa aussitôt les yeux :

— Non, non, il n'y a rien, excusez-moi.

Mais Massi n'écoutait plus. Il avait tourné la tête vers la toile fixée au chevalet et regardait ses ébauches du voilier et de la montagne.

— Donc, dit-il d'une voix un peu plus aimable, pour vous, l'Italie est un endroit propice à la peinture ?

Sa question la prit par surprise, et elle répondit avec une certaine nervosité dans la voix :

— Eh bien, oui. C'est-à-dire, c'est un très beau pays. Et la vue que vous avez d'ici, de votre maison, est particulièrement superbe.

Massi avança de quelques pas sans quitter la toile des yeux.

— Où avez-vous étudié, exactement ?

— J'ai étudié les beaux-arts aux Etats-Unis.

— Les beaux-arts ? répéta-t-il d'un ton narquois. Et que vous apprend-on dans les écoles des beaux-arts américaines ?

Sans attendre sa réponse, il étudia la toile d'un regard aigu.

— Je n'ai jamais tellement cru aux écoles qui enseignent l'art de la peinture, dit-il.

Il avait une voix profonde et prononçait l'anglais en détachant les mots, comme s'il avait appris cette langue dans les livres plutôt qu'oralement.

— Une école ne peut pas donner ce que l'on ne

connaît pas d'instinct. En réalité, les choses apprises à l'école ont plutôt tendance à contrecarrer l'enseignement de la vie. C'est la vie et ce qu'elle apporte qui donne ce dont on a besoin pour peindre, vous n'êtes pas d'accord ?

— Si, répondit doucement la jeune fille. Bien, je rassemble tout ça et je m'en vais. Excusez-moi encore de...

— Non, restez.

— Pardon ?

— Restez.

— Mais... C'est chez vous, ici.

— Ah bon ? Faites ce que vous voulez. Mais je n'ai pas beaucoup de visiteurs, vous savez. Vous ne me dérangez pas, vous pouvez rester pour peindre. Mes amis me disent que je suis socialiste de cœur !...

La plantant là, Massi regagna la maison et, quelques instants plus tard, la porte claqua. Le silence s'installa de nouveau, à peine couvert par le bourdonnement lointain de la circulation, plus bas, en ville.

Graziella resta figée, les yeux braqués sur la porte. Cette porte n'avait pas changé. Et pourtant, tout était différent. Elle venait de faire la connaissance de son père. Son père. Massimiliano Caracci. Elle lui avait serré la main, senti ses doigts solides autour des siens. Il ne s'était rien passé d'autre entre eux, en dehors de leur bref échange de mots. Exactement comme Lizzie, à l'époque, elle l'avait prié de l'excuser : *Mi dispiace.* Excusez-moi. *Mi dispiace.* Pourquoi s'était-elle excusée auprès de cet homme ? C'était lui qui lui devait des excuses.

Les paroles de Massi, leur normalité, l'avaient

sidérée. Elle s'était attendue à rencontrer un ogre, un monstre, un homme à la voix coupante, un homme imposant, et non un homme brun et mince, sorti simplement pour nettoyer le toit de sa voiture.

Lentement, comme au ralenti, elle reprit son pinceau et se remit à mélanger ses couleurs. Mais son esprit en alerte, à l'affût du moindre son en provenance de la maison, refusait de se concentrer sur son travail. Elle persévéra tout de même et peignit le voilier, puis esquissa au fusain une route en épingle à cheveux.

Massi ne sortit pas pendant les heures qui suivirent, ce qui ne manqua pas d'exciter la curiosité de la jeune fille. Que pouvait-il bien faire, enfermé à l'intérieur ? Vers midi, elle s'aperçut qu'elle avait faim. Elle avait promis à Andrea de le retrouver pour déjeuner. En repensant à leur dernier rendez-vous, elle se sentit aussi troublée et timide qu'une adolescente.

Elle rassembla ses affaires et traversa l'allée pour aller frapper à la porte de la villa. Massi lui ouvrit, un téléphone portable collé à l'oreille.

— Oui ? demanda-t-il d'un ton impatient. Qu'est-ce que vous voulez encore ?

— Je voulais savoir si je pouvais laisser mes affaires ici. Je descends en ville pour déjeuner.

Massi marmonna quelque chose dans l'appareil et raccrocha.

— Je suppose que vous voulez que je vous descende en voiture ?

— Merci, je peux marcher, répondit-elle froidement.

— Ne soyez pas ridicule. Je vais mettre mes chaussures.

Dans la voiture, Graziella fit un gros effort pour regarder droit devant elle. Elle avait le plus grand mal à empêcher ses yeux de se diriger du côté du conducteur.

Massi conduisait vite, indifférent aussi bien à la difficulté des virages à angle droit qu'à l'anxiété de sa passagère. Au bas de la colline, il lui demanda où il devait la déposer.

— J'ai rendez-vous avec un ami à la pension Monte Cristo.

Il souffla bruyamment.

— Vous êtes probablement tombée sur le plus mauvais hôtel de Porto Ercole, remarqua-t-il.

— C'était le moins cher ! répliqua la jeune fille.

Pour la première fois, il lui jeta un regard compréhensif.

— Ah, la vie d'artiste, ce n'est pas très facile, hein ? Surtout aux Etats-Unis. Ici, ce n'est pas tout à fait pareil ; on respecte l'art, simplement parce qu'il possède un grand pouvoir de subversion. L'art a le pouvoir d'exciter le peuple. Ce n'est pas un hasard si tous les gouvernements du monde réagissent de la même façon : quand les choses vont mal, ils s'en prennent toujours aux artistes en premier. Aux Etats-Unis, les artistes passent pour des rêveurs, des imbéciles. Eh oui, on fait rarement de l'argent avec l'art...

Avec un haussement d'épaules, il marmonna encore :

— Personnellement, je préfère les artistes aux hommes d'affaires, qui sont pour moi très ennuyeux.

En sortant de la voiture, Graziella lui proposa :

— Si vous êtes d'accord, je reviendrai cet après-midi pour reprendre mon matériel.

Massi agita une main distraite.

— Comme vous voudrez ! dit-il avant de redémarrer en trombe.

Légèrement songeuse, Graziella suivit des yeux la voiture qui disparaissait à l'angle de la rue. Mais elle n'eut pas le loisir de s'abandonner à sa perplexité, car, déjà, Andrea débouchait, le sourire aux lèvres. Tout de go, il l'embrassa sur la bouche pour la saluer.

— Tu vois ? Je ne demande plus la permission ! s'exclama-t-il avec un petit rire. Ecoute, j'ai pensé que ce serait plus drôle de pique-niquer. Je me suis permis de...

Graziella le regarda. Il ne s'était pas rasé, et sa barbe naissante lui donnait un aspect un peu négligé qui accentuait encore l'incroyable bleu de ses yeux. Il lui fit signe de le suivre et elle s'exécuta docilement.

Ils longèrent le port pendant un certain temps, puis obliquèrent sur un chemin de terre qui montait vers une vigne.

— Où va-t-on, comme ça ? s'étonna la jeune fille.

Mais Andrea se contenta de sourire d'un air mystérieux :

— Tu verras.

Il marchait à grandes enjambées et elle trottinait derrière lui à travers la vigne. Sans prévenir, il s'arrêta au pied d'un ajonc en fleur et posa le sac en papier sur le sol.

— Voilà, on est arrivés, annonça-t-il. On s'installe ici.

Il lui expliqua qu'ils se trouvaient au sommet d'une vieille fortification étrusque utilisée pendant la guerre contre l'Espagne.

— Regarde-moi cette vue ! s'émerveilla-t-il. D'ici, on peut voir Elbe et Giglio, et, quand il fait très, très clair, on distingue même la Corse.

— Pourquoi connais-tu si bien Porto Ercole ? demanda Graziella.

Le jeune homme haussa les épaules :

— Tu vas bientôt t'apercevoir que les Italiens connaissent bien leur histoire. Leur pays n'est pas très grand, et ils y sont très attachés.

Il ouvrit le sac.

Graziella n'avait pas idée de ce qu'il contenait ; en tout cas, elle ne s'attendait pas au délicieux pique-nique préparé par son compagnon.

Le repas paraissait fort simple : une miche de pain de campagne, quelques gousses d'ail, de la mozzarella, quelques tomates et un petit flacon d'huile d'olive. Andrea coupa en tranches le pain posé sur ses genoux et versa un peu d'huile dessus. Puis il y répartit les tomates, ajouta la mozzarella coupée en morceaux et éparpilla l'ail émincé sur le tout.

— Tiens, goûte, lui proposa-t-il en lui tendant une tartine.

La jeune fille la prit en hésitant. Dès la première bouchée, elle sentit ses papilles gustatives exploser. Andrea, qui guettait la moindre de ses réactions, parut enchanté.

— C'est meilleur qu'au McDo', non ?

— Oh oui ! reconnut Graziella en riant.

Son compagnon déboucha une petite bouteille de vin et lui tendit un gobelet de carton en s'excusant :

— Je suis désolé. C'est tout ce que j'avais dans ma voiture.

Elle se sentait divinement bien, assise au flanc de

cette colline, à l'ombre des ajoncs en fleur et des buissons de romarin qui parfumaient l'air. Le soleil de la Méditerranée, le vin qu'elle buvait à petites gorgées, la présence grisante d'Andrea lui firent perdre la notion du temps.

Au bout de deux heures, ils bavardaient toujours, paresseusement allongés sur le dos, les pieds à l'air. Andrea parla un peu de ses études d'architecture à Rome et fit part à la jeune fille de ses projets :

— Je pense que j'irai travailler aux Etats-Unis quand j'aurai mon diplôme. Peut-être même que je monterai ma propre affaire.

Graziella ne comprenait pas comment on pouvait souhaiter quitter l'Italie. A sa remarque, il haussa les épaules et répondit en souriant :

— L'Italie n'est pas le centre du monde.

Il plaça sa main sur la sienne et elle regarda ses doigts larges, bruns et forts. Elle se sentit étrangement excitée par leur contact.

— Tu ne peux pas savoir comme je suis content qu'on soit ensemble, avoua-t-il doucement. Tu sais, c'est très rare de rencontrer une fille qui te plaise vraiment. En tout cas, pour moi, c'est rare. Je suis...

Il fit une drôle de grimace, comme pour s'excuser.

Il y eut un silence.

— ... Difficile, compléta Graziella, surmontant son trouble. Je pense que c'est le mot.

— Oh, oui, c'est tout à fait ça. Tiens, à moi de t'apprendre un mot... *Le vertigini*.

— Qu'est-ce que ça veut dire ?

Andrea forma des cercles avec sa main.

— Les vertiges ?

— *Le vertigini*, répéta la jeune fille.

— *La febbre* ; la fièvre.

— *La febbre*, murmura-t-elle.

Tout à coup, elle pensa à Eric. En ce moment même, pendant qu'elle se trouvait dans ce cadre merveilleux avec un autre, un garçon qu'elle ne pouvait cesser de dévorer des yeux tant elle le trouvait beau, c'était le matin à New York. Eric se levait. Son rituel de réveil était pratiquement immuable. Comme d'habitude, il commencerait par aller ramasser son *New York Times* dans l'entrée. Ensuite, il prendrait sa douche et se raserait, avalerait son petit déjeuner composé de deux œufs sur le plat, se brosserait les dents, puis se mettrait en route pour l'école où il enseignait.

Andrea se pencha vers elle pour l'embrasser. L'image d'Eric disparut instantanément de son esprit. Elle leva la tête vers lui et accueillit son baiser en entrouvrant les lèvres. Blottie contre lui, elle s'abandonna à la magie de l'instant et ne pensa plus à rien.

Andrea interrompit le silence.

— Graziella...

— Oui ?

— Tu m'as dit que c'était ton premier voyage en Italie. Et pourtant, tu t'appelles Graziella. Pourquoi ? Tu as sûrement du sang italien.

En dépit de sa torpeur, la jeune fille eut un réflexe de prudence.

— Oh, c'est une longue histoire, répondit-elle évasivement. Mon père était italien.

— Ah oui ? D'où ?

— De Rome.

— Il est toujours vivant ?

— Non, mentit-elle en frissonnant. Il est mort avant ma naissance.

161

— Donc tu n'as jamais connu ton père ? Et sa famille ? Est-ce que tu as des parents ici ? Quelqu'un à qui tu rends visite ? Des tantes, des oncles, des grands-parents ?

— Non, répondit Graziella.

Pour mettre un terme à son feu roulant de questions, elle posa sur sa bouche un doigt aussitôt remplacé par des lèvres avides qui l'empêchèrent de prononcer le moindre mot.

Puis Andrea desserra son étreinte et elle jeta un coup d'œil discret à sa montre : il était près de quatre heures. Elle se leva d'un mouvement incertain.

— Andrea, il faut que j'y retourne.

— Que tu retournes où ?

— Eh bien... Il faut que j'y retourne, c'est tout.

— Pourquoi fais-tu tous ces mystères ?

— Je ne fais pas de mystères, nia-t-elle.

— C'est ça. Tu viens à Porto Ercole et tu passes ton temps à aller et venir. Et maintenant, il faut que tu retournes quelque part, mais quant à savoir où... Allez, dis-moi où tu vas.

Sans répondre, la jeune fille rassembla ses affaires et se mit en route. Andrea lui emboîta le pas en protestant :

— Pourquoi es-tu si pressée ? C'est moi qui te fais filer comme ça ? J'ai dit quelque chose de mal ? J'ai fait quelque chose qui ne t'a pas plu ?

— Mais non, ce n'est pas toi, le rassura-t-elle, consciente de la faiblesse de sa réponse.

Graziella était très ennuyée de devoir mentir à son compagnon, mais elle n'avait pas le choix.

— Il faut que je le fasse... Il faut que je peigne, je te l'ai dit.

— Tu veux peindre ? Mais ça, tu peux le faire à n'importe quel moment et n'importe où !

Ils avaient atteint la route du port et s'acheminaient vers la pension. En passant, elle nota fugitivement l'activité du quai, où les pêcheurs déchargeaient leur butin sous l'œil vigilant des poissonniers qui claironnaient leurs indications avec force gesticulations.

— Je ne comprends pas, insista Andrea. Toi et moi...

— Je t'expliquerai une autre fois, le coupa-t-elle.

Ils s'arrêtèrent devant la porte de l'hôtel.

— Tu sais, j'ai passé un après-midi extraordinaire, reprit-elle d'une voix plus douce. Je tenais à te le dire, Andrea.

— C'est vrai ? demanda-t-il avec une mimique légèrement dubitative.

Elle ne put résister à son impulsion et lui déposa un baiser sur les lèvres.

— Oui.

— Alors, quand est-ce que je te revois ?

La réponse de Graziella fusa :

— Ce soir, j'espère.

Et elle s'engouffra dans le hall.

— Quand ? cria-t-il. A quelle heure ?

— Après dîner.

— A dix heures, Graziella !

Elle traversa le petit hall et se retourna une dernière fois. Andrea n'avait pas bougé du trottoir et la suivait des yeux, l'air perplexe.

Dans sa chambre, la jeune fille s'écroula sur le lit.

— Mais qu'est-ce qui me prend ? Il n'y a que moi pour me fourrer dans des coups pareils !

163

Il avait fallu qu'elle s'amuse à compliquer les choses avec une histoire d'amour. Et Eric, que devenait-il dans tout cela ? Elle devait se rendre à l'évidence : elle l'avait pratiquement oublié. Quant à Andrea, mieux valait, là aussi, rester lucide : pour la première fois, elle était attirée, vraiment attirée, par un garçon, et cette attirance la fragilisait, la rendait vulnérable.

Quelque chose en elle la poussa à refuser la vérité. Au fond, Andrea n'avait sûrement rien à voir là-dedans. C'était peut-être tout simplement le soleil ou le vin ou encore l'étrangeté de la situation dans laquelle elle se trouvait, avec cette double identité qui ajoutait à la confusion des choses. Tout cela lui faisait tourner la tête.

Sans crier gare, le ciel s'était couvert de nuages, et il s'était mis à pleuvoir. Les premières gouttes, légères, presque hésitantes, se métamorphosèrent rapidement en un déluge aussi violent qu'inattendu. Graziella dut attendre la fin de l'averse pour pouvoir sortir.

Lorsqu'elle arriva à la villa I Perazzi, elle constata que le matériel qu'elle avait laissé sur la pelouse avait disparu.

Massi répondit au second coup frappé à la porte.

— Oh, c'est vous. Je suppose que vous cherchez vos affaires. Je les ai rentrées. Je sais bien que vous avez choisi de peindre l'eau, mais ce n'est pas une raison pour que votre toile soit carrément inondée, non ? ironisa-t-il en lui décochant un regard malicieux. Entrez, venez vous asseoir.

Il s'était bien radouci, depuis le matin. Un peu étonnée de ce changement d'humeur, elle le suivit dans le salon. C'était incroyable, inouï : elle se trou-

164

vait vraiment chez son père, dans sa maison ! Ce qu'elle avait devant elle, c'étaient vraiment ses meubles : un fauteuil à haut dossier, un canapé crème avec deux coussins orange, une bibliothèque remplie de livres dont elle ne comprenait pas les titres écrits en italien. Et c'étaient vraiment ses tableaux : une nature morte représentant une coupe remplie de pêches, deux dessins d'oiseaux et plusieurs peintures ultra-modernes, si primitives qu'elles semblaient peintes par des enfants. Quelques toiles étaient accrochées au mur, mais la plupart reposaient simplement par terre.

Quant à sa toile à elle, il l'avait suspendue près de la cheminée !

A son invitation, elle s'installa sur le canapé.

— Bien, dit-il. Ce que vous essayez de représenter sur votre tableau, c'est un voilier, n'est-ce pas ?

— C'est vrai, répondit-elle d'une voix incertaine.

— Pourquoi ?

— Pourquoi pas ? répliqua-t-elle, surprise par sa question.

— Dites-moi, qu'est-ce que c'est qu'un voilier ?

— Je ne comprends pas. Que voulez-vous dire ?

— Ce que je veux dire ? Eh bien, de quoi s'agit-il ? D'un animal ? D'un fruit ? D'un légume ? D'une sorte de tendance climatique ?

— Un voilier, c'est une chose, répondit-elle en sentant la colère monter en elle. C'est un objet.

— Pour quelqu'un qui n'est pas peintre, c'est évident, un voilier, c'est une chose, un objet. Mais vous, mademoiselle...

— Anna, lui rappela-t-elle en s'éclaircissant la voix, Anna Dineen.

— Mais vous, Anna Dineen, vous êtes peintre.

Pour quelqu'un d'autre, quelqu'un qui n'est pas peintre, un voilier est un objet fabriqué à partir de bois, éventuellement de fibre de verre. Les cordages sont en chanvre, et la voile dans un textile spécifique. Il y a une roue de gouvernail, des sièges pour les passagers, une cabine confortable, de quoi faire les repas. Pour cette personne, un voilier, c'est du concret. D'accord ?

Le regard de Massi était si intense qu'elle eut du mal à s'en détacher. Elle dut se rappeler à l'ordre pour se rappeler qu'elle n'était pas sa fille, Graziella, mais une personne nommée Anna Dineen.

— D'accord, acquiesça-t-elle.

— Quand on peint un voilier, on voit quelque chose d'entièrement différent, n'est-ce pas ?

— Absolument, répondit-elle sans savoir si elle comprenait vraiment ce qu'il voulait dire.

— Quand on peint, on ne voit pas des choses concrètes, mais des formes. On voit des couleurs et des mélanges de couleurs. On reproduit ce que saisissent les yeux, on ne reproduit pas la réalité.

Il éclata d'un petit rire sans chaleur ni humour.

— Quand on peint, reprit-il, il faut oublier l'objet que l'on a en face de soi. Il faut oublier que l'on voit un arbre ou une maison ou un voilier. Au lieu de cela, il faut penser couleurs, et se dire : « Ah, ici, il y a un petit carré de bleu ; au-dessus, un petit triangle de blanc ; derrière, une petite tache oblongue qui semble faite d'un joli mélange de rose et de brun. » Et le travail consiste à reproduire exactement ce que voit l'œil, le plus fidèlement possible.

Il haussa les épaules, comme pour balayer les objections éventuelles.

— Je vous conseille de peindre ce que vous voyez, et non pas ce que vous croyez devoir voir.

— A l'école des beaux-arts, on me disait...

— Oh, il ne faut jamais écouter ce qu'on vous dit, l'interrompit-il en la couvrant d'un regard dubitatif.

Elle avait déjà remarqué que Massi cultivait l'habitude de paraître perplexe, même lorsqu'il ne l'était pas.

— Il y a trop de « on » à travers le monde, poursuivit-il. Il y en a même de plus en plus, et ils sont tous du même avis. Ce n'est pas eux qu'il faut écouter, Anna, mais votre voix intérieure.

D'un ton plus doux, il ajouta :

— Et si vous en avez envie, vous pouvez aussi m'écouter moi. Je sais de quoi je parle. Quand je ne fais pas la chasse aux intrus qui s'introduisent chez moi, je suis marchand d'art. Donc, profitez-en, c'est votre jour de chance.

— Vous êtes marchand d'art ? répéta Graziella, hypocrite.

— Oui. Bien. Votre style est réaliste, observa-t-il, songeur. Vous devriez faire davantage de travail figuratif. Cela correspondrait à quelque chose que je devine en vous. Un certain état de solitude. Je me trompe ? Les impressionnistes disposent du temps et de la quiétude qui leur permettent de peindre ce qu'ils ne voient pas... Je ne crois pas que vous apparteniez à cette catégorie de personnes. Je ne vous connais pas, mais... Donc, Anna, trouvez-vous vous-même, et vous finirez par faire la peinture qui vous réussira.

— Et comment vais-je me trouver moi-même ?

C'était à son propre père qu'elle posait cette question ! Graziella dut respirer à fond pour éviter de laisser paraître son trouble.

Massi éclata d'un rire maladroit :

— Vous finirez par trouver à la fin. Ne vous inquiétez pas. Vous manquez de confiance en vous, c'est tout.

Il toussota pour s'éclaircir la voix.

— Bien, j'en ai assez de parler anglais ; c'est très fatigant quand on ne le maîtrise pas bien. Voulez-vous manger quelque chose ?

Graziella n'avait absolument pas faim. Son pique-nique lui pesait encore sur l'estomac. Pourtant, une raison inconnue la poussa à accepter :

— Oui, volontiers.

Comme s'il venait de se rappeler quelque chose, Massi s'approcha d'elle et annonça :

— Au fait, je m'appelle Massimiliano Caracci. Je suis heureux de faire votre connaissance. Vous pouvez m'appeler Massi.

— Bonjour, Massi, dit la jeune fille.

Il s'inclina avec une gravité narquoise.

— Anna, je suis ravi...

Graziella détourna rapidement les yeux, comme attirée par quelque tableau, et il suivit son regard :

— Qu'est-ce que vous regardez ? Vous aimez ?

Elle s'était arrêtée sur une toile traversée d'un simple trait rouge sur un fond blanc cassé. Elle recula de quelques pas pour mieux la juger.

— Il s'agit de l'un des peintres les plus en vogue actuellement en Italie, l'informa Massi. Que voyez-vous quand vous regardez ce tableau ?

— Pas grand-chose, répondit Graziella. On dirait un mur brut. On a l'impression qu'il demande aux gens de l'interpréter comme ils en ont envie.

Elle hésita un peu avant d'avouer :

— Je n'aime pas vraiment ce genre de peinture.

— Il se trouve qu'elle représente l'artiste lui-même.

— Oh, je suis désolée !

— Non, ne soyez pas désolée. Il faut penser par vous-même, ne vous préoccupez pas de l'opinion des autres. Ce n'est pas non plus ma tasse de thé, comme d'ailleurs la plupart des œuvres d'art modernes, mais... Il est à la mode, et il est très cher. Pour ma part, je préfère les artistes plus anciens, les peintures plus traditionnelles.

Sans transition, il lui demanda :

— Savez-vous faire la cuisine ?... Non, sans doute que non. Les Américains ne prennent pas le temps. Par exemple, savez-vous faire le *ragù* ?

— Non.

— Alors, j'ai des choses à vous apprendre. Suivez-moi.

Massi la précéda et elle le suivit dans une grande cuisine en désordre. Les parfums qui se dégageaient d'une marmite mijotant sur le feu étaient alléchants. C'était un mélange de tomates et d'épices.

— C'est très facile, marmonna Massi, comme pour lui-même, en remuant le contenu de la marmite. J'espère que l'une des choses que vous emporterez avec vous lorsque vous retournerez aux Etats-Unis sera la notion du temps. Si certaines choses doivent être faites très vite, d'autres demandent du temps. Vous savez, nous sommes tous destinés à mourir, certains plus tôt que d'autres. Compte tenu de cette échéance inéluctable, nous devrions éviter d'agir dans la précipitation en oubliant de prendre le temps de voir, de goûter, de sentir ce qui fait le charme de l'existence. Venez par ici, s'il vous plaît.

Il posa son bras sur son épaule. Ce geste, entièrement dénué de familiarité, était le geste d'un professeur touchant l'épaule d'une élève à laquelle il tiendrait à enseigner une chose particulièrement importante.

— On commence par une branche de céleri avec toutes ses feuilles. Un oignon. Une carotte. Du persil. Des saucisses. On ouvre ces saucisses. On enlève la chair et on l'émiette du bout des doigts. On jette la peau, elle est inutile. Parfois, j'ajoute un peu de jambon. Et maintenant, on va mettre la *conserva*.

Graziella, fascinée, suivait des yeux le moindre mouvement de Massi.

— La *conserva* ? Qu'est-ce que c'est ?

L'homme plissa les yeux. Visiblement, il ignorait le mot anglais.

— La *conserva*... Ce sont les tomates qu'on a fait réduire. Vous voyez, vous les mettez là-dedans...

Il sortit un tamis de cuivre du meuble de cuisine.

— ... et vous les laissez dehors au soleil pendant quelques jours. Couvertes, bien sûr... Donc, on ajoute une tasse de *conserva* aux oignons, au céleri et à la chair à saucisse, ainsi que de l'huile d'olive, du sel, du poivre. Puis on fait mijoter. Surtout, précisa-t-il en élevant la voix, on n'ajoute pas d'eau ! C'est ça, ma recette de *ragù*.

Sur ce, il se retourna, comme s'il lui signifiait sa volonté d'être tranquille pour terminer la préparation. Graziella en profita pour faire connaissance avec la cuisine. C'était l'atelier d'un cuisinier sérieux, plein d'ustensiles en acier inoxydable suspendus au mur, au milieu de toute une batterie de grandes casseroles visiblement coûteuses.

— Depuis quand habitez-vous ici ? s'enquit-elle.

— Depuis quand ? répéta-t-il en plissant de nouveau les yeux. Tout d'abord, je n'habite pas ici. J'habite à Rome. Je suis né à Rome et j'y ai toujours vécu.

Il rit.

— J'ai toujours beaucoup de mal à quitter ma ville ! Mais pendant l'été, j'aime bien venir ici, parce qu'il fait trop chaud là-bas. Sans compter que mon médecin...

Il laissa sa phrase inachevée.

— Vous êtes déjà allée à Rome ? demanda-t-il.

— Une fois.

Ce n'était pas exactement un mensonge. Elle n'allait tout de même pas lui dire qu'elle avait visité sa galerie deux jours auparavant ! Un frisson lui parcourut l'échine : avait-elle donné son nom à Becky ? Mais non !

— Rome est une ville superbe, s'enthousiasma l'Italien, une ville pleine de mystère. D'ailleurs, notre pays est un pays très mystérieux. En même temps, il peut paraître sinistre à certains touristes. Mais je dis toujours que Rome est comme une huître : elle cache ses perles, elle les garde hors de la vue de tout un chacun. Parfois, il lui arrive de s'entrouvrir et d'en laisser apercevoir une.

En entendant ces paroles, Graziella se figea. C'étaient exactement les mots que Massi avait prononcés, vingt-deux ans auparavant, en s'adressant à Lizzie. A quel moment Sarah avait-elle situé cet épisode ?

La jeune fille fouilla sa mémoire et le retrouva. C'était le jour où il avait montré à sa mère le tableau du Caravage au fond d'une église, quelque part près de la piazza Navona. C'était ce jour-là aussi qu'il lui avait fait découvrir ses talents de cuisinier ; ce qui avait achevé de séduire sa proie.

D'autres scènes de la vie de Lizzie affluèrent dans son esprit : sa découverte du scooter, le soir où Massi l'avait emmenée dîner au restaurant dans le quartier juif ; sa détresse lorsqu'elle avait cru avoir abîmé le tableau de Frans Hals ; son malaise sur le trottoir et son réveil à l'hôpital.

« Le monde est fait de marches ; celles qui montent et celles qui descendent. Si tu décides de poursuivre cette grossesse, je ne veux plus jamais te voir, ni toi ni l'enfant. » La cruauté de ces mots qui résonnèrent à ses oreilles comme s'ils lui avaient été directement adressés ramena brutalement Graziella à la réalité. Avec effort, elle chercha une réponse appropriée à la description imagée de Rome faite par son père. Mais ce fut inutile, car déjà celui-ci arrivait vers elle, chargé de deux assiettes de pâtes fumantes.

— Savez-vous que le Caravage est mort ici, à Porto Ercole ?

C'était incroyable ! Avait-il le don de lire dans les esprits ?

— Comment savez-vous que j'étais en train de penser au Caravage ?

— Je l'ignorais.

Il haussa les épaules.

— Peut-être que vous avez vu son fantôme aujourd'hui !

La jeune fille scruta le visage de son hôte pour y chercher une indication : avait-il des doutes ? Devinait-il qui elle était ? L'expression de Massi resta cependant indéchiffrable.

— Passons à table, proposa-t-il.

Il servit le dîner dehors, sur la terrasse. C'était une agréable terrasse de bois couverte d'une pergola. La profusion de fleurs était le seul luxe de cette maison très sobrement aménagée. A l'évidence, cette demeure était celle d'un homme accoutumé à vivre seul. Graziella se demanda ce qu'il fallait en penser. D'un côté, ce décor semblait confirmer le fait que son père avait passé toute sa vie centré sur lui-même. D'un autre, il y avait Becky, la femme de la galerie, à Rome...

Le plat de pâtes était délicieux. Les macaronis étaient cuits à la perfection. Les différentes épices qui parfumaient le *ragù* rivalisaient d'arôme sans qu'aucune d'elles ne parvînt à supplanter sa voisine. Le repas, accompagné d'une salade verte et d'une miche de pain frais, et arrosé d'une bouteille de vin de table, était une réussite.

— Vous êtes un bon cuisinier, reconnut-elle.

Elle s'en voulut aussitôt de ses paroles. Qu'est-ce qui lui prenait de dire des choses aussi bêtes ?

Massi inclina brièvement la tête pour la remercier de son compliment. C'était curieux, tout de même : malgré ses efforts, elle ne parvenait pas à détester vraiment cet homme !

Déployant un intérêt, somme toute légitime, pour sa personne, il lui posa quelques questions. Elle eut beaucoup de difficultés à ne pas s'emmêler dans les détails de sa propre vie. Il lui en coûtait de mentir, mais elle n'avait pas le choix.

Massi commença par lui demander d'où elle était originaire.

— De Chicago, répondit-elle.

Il voulut savoir si ses parents vivaient toujours dans cette ville. Elle leur inventa à tous les deux une mort précoce.

— Excusez-moi, dit-il. C'est dur de perdre ses deux parents, jeune comme vous êtes. Quel âge avez-vous ?

— J'ai vingt-deux ans.

Elle allait les fêter dans moins d'une semaine, songea-t-elle soudain, consciente d'avoir complètement oublié ce détail.

— Heureusement, ici, nous respectons beaucoup nos parents et nous avons conscience de l'importance de leur rôle, déclara Massi avec une vivacité inattendue. Je pense à mes parents tous les jours. A mon père, à ma mère...

Il ajouta avec un léger rire :

— Avec leurs qualités et leurs défauts !

Très mal à l'aise, Graziella s'empressa de changer de sujet :

— Comment êtes-vous devenu marchand d'art ?

— Comment ? Je ne sais pas. J'ai eu de la chance, je pense. J'ai toujours voulu fréquenter le monde de la peinture. Comme je viens d'un milieu social relativement bas, je ne pouvais que monter plus haut ! A l'âge de vingt-cinq ans, j'ai acheté un tableau très bon marché : trois cents dollars. C'était une toile qui faisait partie d'une succession, une peinture très simple et très amusante. Elle représentait une girafe suspendue par le cou à une chaise. Le tableau n'était pas signé. Il faut dire qu'une girafe pendue par le cou, c'était assez farfelu, comme sujet ! Deux mois plus tard, j'ai reçu un appel de l'avocat qui s'était occupé de la succession. Il m'appelait pour m'annoncer que ce tableau avait été vendu par erreur, et on me proposait de me le racheter. Les anciens propriétaires m'en offraient...

174

Massi fit mentalement la conversion.

— ... mille dollars. J'ai raccroché. Deux jours plus tard, il me rappelait. Cette fois, l'offre s'élevait à cinq mille dollars. Je n'ai pas accepté, car j'avais compris que ce tableau avait sûrement de la valeur. Je l'ai donc apporté à un expert. Et là, j'ai appris qu'il s'agissait d'un Magritte, une œuvre inconnue du public. L'avocat a continué de m'appeler tous les quinze jours en m'offrant des sommes toujours plus importantes. Je n'avais plus aucun doute sur la valeur de cette peinture. Mais, Magritte ou pas, c'était aussi une chose, un objet. Quand la proposition a atteint quatre cent mille dollars, j'ai dit oui. J'aurais peut-être pu en obtenir encore davantage, mais cet argent m'a permis d'ouvrir ma propre petite galerie. Et depuis... j'ai pas mal réussi.

— Je suppose que vous avez pu consacrer beaucoup de temps à votre travail, insinua Graziella. Sans responsabilités familiales... Avez-vous été marié ?

— Marié ? Moi ? Non. Est-ce que je porte une alliance ? Pourquoi me demandez-vous ça ?

Le regard de son interlocuteur la décontenança. D'une voix qui se voulait enjouée, elle répondit :

— Comme ça...

— Je regrette de vous décevoir, ma chère Anna. Vous êtes une jeune fille extrêmement attirante, mais j'ai l'âge d'être votre père. Et je suis ce que vous appelleriez aux Etats-Unis un mauvais cheval !

Graziella ne comprit pas tout de suite. Mais lorsque la lueur jaillit dans son cerveau, elle se sentit infiniment embarrassée. En rougissant, elle murmura :

— Ce n'est pas ce que je voulais dire...

Il l'interrompit.

— J'apprécie beaucoup votre compagnie, Anna... Quel âge avez-vous, déjà ?

— Vingt-deux ans.

— J'ai un enfant de votre âge.

Ces mots atteignirent la jeune fille de plein fouet. Elle ressentit une légère faiblesse et dut s'appuyer contre le dossier de sa chaise. Le contact froid du bois lui fit du bien.

Un silence qui lui sembla tendu s'installa dans la pièce. Massi la soupçonnait-elle ? Se livrait-il simplement à une sorte de jeu ? S'il savait qu'elle était sa fille, c'était certainement le moment de dire quelque chose.

Mais non, il ne se doutait de rien. Les yeux dirigés vers la pelouse, derrière laquelle, au loin, se découpait le port, il répéta doucement, comme se parlant à lui-même :

— Vingt-deux ans...

— Votre fille... Où vit-elle ?

Il tourna la tête vers Graziella et la regarda :

— Je ne vous ai pas dit que c'était une fille ? J'ai simplement dit « un enfant ».

— C'est vrai, s'empressa-t-elle de reconnaître, embarrassée. Je ne sais pas pourquoi, j'ai supposé...

Les yeux de Massi changèrent d'expression. Leur intensité coutumière s'atténua, comme si on avait soufflé sur la flamme qui les animait.

— Vous avez bien deviné, prononça-t-il tout à coup d'une voix sèche. C'est une drôle d'histoire. Comme vous, elle vit aux Etats-Unis.

Soudain nerveux, il se leva brusquement.

— Sa mère ne veut pas avoir affaire à moi. Je ne peux pas dire que je l'en blâme, mais, la curiosité humaine étant ce qu'elle est...

Il laissa sa phrase en suspens et changea de sujet :

— Que puis-je vous offrir ? Un autre expresso ? Du fromage ?

Il ramassa les assiettes et disparut dans la cuisine. Graziella se leva pour le suivre et demanda d'une voix incertaine :

— Rappelez-moi l'âge de votre fille ?

Massi lui tournait le dos, occupé à rincer les couverts avant de les introduire dans le lave-vaisselle.

— Votre âge. Vingt-deux ans.

Il émit un drôle de son avec ses lèvres.

— Lorsque je repense à celui que j'étais à vingt-deux ans, j'ai du mal à imaginer qu'il s'agit de moi. A cette époque, je croyais tout savoir de la vie. En réalité, ce jeune homme, si imbu de lui-même, si sûr de lui, ne savait rien. Maintenant, quand je le regarde, il m'arrive d'avoir envie de l'étrangler.

— Pourquoi ?

Massi ignora la question et poursuivit son idée :

— C'est toujours comme ça, non ? Quand on repense au passé, on a parfois l'impression de ne pas reconnaître la personne que l'on a été.

— Vous pensez à quelque chose de précis quand vous dites que vous croyiez tout savoir à l'âge de vingt-deux ans ? insista la jeune fille.

Malheureusement, au même moment, le téléphone sonna.

— Une autre fois, dit-il en décrochant. *Pronto !*

Graziella ne comprit pas la conversation, car celle-ci se déroulait en italien. Mais elle eut un aperçu de son père tel qu'il avait dû apparaître à Lizzie lors de leur ultime rencontre sur la piazza Navona. Les veines de son front avaient grossi et ses sourcils s'étaient rapprochés, formant ainsi une ligne noire assez impressionnante. L'entretien se termina par des hurlements.

Lorsqu'il raccrocha, Massi tenta de contenir sa fureur, mais, visiblement, il n'y parvint qu'au prix d'un effort surhumain.

— Je n'y crois pas ! Je rêve ! gronda-t-il entre ses dents. Il disparaît pendant cinq semaines et après, il me fait ça !

Graziella, impressionnée, regretta de ne pouvoir se réfugier dans la pièce voisine.

— Que se passe-t-il ? risqua-t-elle d'une voix timide.

— Dans trois semaines, j'expose de jeunes artistes à la galerie. La presse, les journaux, mes amis, tout le monde est invité au vernissage. Mais voilà qu'à la veille du grand jour un de mes artistes décide tout simplement de partir en vacances en Suisse, à Genève, avec sa copine. Et naturellement, il n'a rien fait pour l'expo. Il m'appelait de sa voiture. Et il a eu le culot de me dire qu'il était trop heureux, trop amoureux, qu'il ne pouvait pas peindre dans cet état-là !

— Euh... Je pourrais peut-être le remplacer ?

Les mots étaient sortis tout seuls. Graziella se demanda comment elle avait pu les prononcer.

Son père darda sur elle ses yeux noirs. Derrière lui, le robinet coulait toujours, les casseroles de cuivre étincelaient.

— Ne faites pas attention, se reprit-elle hâtivement. Merci beaucoup pour ce repas.

Prête à s'enfuir, elle se dirigea vers la porte. Mais Massi l'arrêta.

— Excusez-moi : voulez-vous répéter ce que vous venez de dire ?

— Je n'ai rien dit. J'ai simplement suggéré que je pourrais essayer de peindre quelque chose pour votre exposition.

Massi, qui avait suivi la jeune fille dans le couloir, répéta :

— Vous voulez peindre quelque chose pour moi ? Pour mon exposition ? C'est ça que vous me demandez ?

Il était impossible pour Graziella de déchiffrer l'expression de l'Italien. Se moquait-il d'elle ? Prenait-il sa proposition de haut ? Elle se gifla mentalement de lui avoir fait une offre pareille.

— Vous êtes rapide ? lui demanda-t-il sans transition.

Elle lui décocha un regard perplexe, auquel il répondit en précisant :

— Je vous demande si vous peignez vite.

— Ça dépend, répondit-elle prudemment.

— Ça dépend de quoi ? Du temps ? De l'argent ? De l'inspiration ?

— Du temps.

— Trois semaines.

— Quoi, trois semaines ?

— Vous pouvez terminer en trois semaines ?

— Je ne sais pas si je pourrais...

— Je ne vous dis pas que je le prendrai. Vous le savez. Mais je suis...

Il ne termina pas sa phrase.

— L'argent, c'est aussi un problème pour vous, je me trompe ? Je suppose que si vous êtes descendue dans le plus mauvais hôtel de Porto Ercole, ce n'est pas parce que vous aimez ça.

Embarrassée, Graziella opina du chef.

— J'ai une maison d'hôte que je réserve parfois

à mes artistes, poursuivit Massi. Elle est vide, en ce moment. Vous y êtes la bienvenue. C'est un studio avec une salle de bains, une petite cuisine et, surtout, un atelier. Elle se trouve en contrebas de mon terrain ; c'est un endroit très calme. Vous pouvez vous y installer.

Il la regarda d'un air de défi.

— Qu'en dites-vous ?

L'offre était plus que tentante. Mais à quel titre la faisait-il ainsi bénéficier de ses largesses ?

— Vous me faites confiance ? Pourquoi ? demanda-t-elle.

Massi haussa les épaules :

— Qui vous dit que je vous fais confiance ? Simplement, je suis réaliste. Et s'il se révèle que vous n'êtes pas digne de confiance ou pas une bonne artiste, ce dont je doute... Eh bien, je vous demanderai tout bonnement de partir !

— Il faut que je retourne à l'hôtel prendre mes affaires.

— Je vais vous y conduire. Je vous attendrai dehors.

— Non... C'est-à-dire... J'ai rendez-vous avec quelqu'un pour prendre un verre. Avec un garçon, ajouta-t-elle.

Etait-ce le fruit de son imagination ou décela-t-elle une lueur de déception sur le visage de son hôte ?

— Vous avez une vie secrète ? demanda-t-il, narquois. Ah, non, non, je ne vous demande rien.

Cinq minutes plus tard, la Lancia rouge dévalait la pente de la colline à toute allure. Massi semblait préoccupé. Après l'avoir déposée devant la pension Monte Cristo, il lui dit simplement :

— On se voit demain.

Lorsqu'il l'eut quittée, elle repensa à la pointe de jalousie qu'elle avait cru déceler chez lui et se sentit curieusement partagée entre son père et Andrea. Cette idée la fit rire : elle avait recréé le dilemme typique de la fille américaine. N'était-ce pas exactement ce qu'elle avait mijoté ? Et pourtant, cette victoire ne lui procurait aucun plaisir.

Ce soir-là, Andrea se montra maussade et vindicatif. Sa compagne ne lui avait fait qu'une description évasive de sa journée, ce qui ne manqua pas d'attiser ses soupçons.

— J'ai peint, Andrea, que veux-tu que je te dise d'autre ?

Le jeune Italien posa son verre et lui jeta un regard noir.

— Une fois de plus, tu me fais des réponses qui n'en sont pas. Je me demande ce que tout cela signifie !

— Je joue simplement de mon mystère féminin naturel, répliqua-t-elle. Je suis une nouvelle Mata Hari.

Sa plaisanterie tomba à plat. Andrea ne se laissait pas si facilement distraire de ses préoccupations.

— Parfois, je me dis que tu me fuis. Ou que tu es une personne très secrète.

Graziella mourait d'envie de tout lui raconter, de lui révéler la vérité sur son père. Mais elle craignait que le jeune homme fût déçu par ses mensonges, et elle redoutait de gâcher leur relation. Elle plaça doucement sa main sur la sienne et lui demanda en cherchant ses yeux :

— Qu'est-ce que tu m'as dit, l'autre jour ? Tu as dit quelque chose en italien.

— Je ne m'en souviens pas.

— C'était quelque chose comme *stia cadendo*. Quelque chose de ce genre.

— Je ne m'en souviens pas, répéta Andrea, buté. Tu n'as qu'à vérifier dans un de tes guides de voyage.

Sa mauvaise humeur ne l'empêcha cependant pas de lui donner rendez-vous pour dîner le lendemain soir. Avant de la quitter, il lui avoua encore :

— Dans la journée, je m'ennuie et je tourne en rond en pensant à toi. Je n'ai rien à faire ici, sauf t'attendre. *Penso che sto cadendo nell' amore con tel.*

— Voilà, c'est ça ! Tu vois, tu le dis encore !

— Oui, bien sûr, je le dis encore parce que je n'en reviens pas. C'est une chose très nouvelle pour moi.

— Qu'est-ce que ça veut dire ?

— Eh bien, je pense que je suis tombé amoureux de toi.

Graziella ouvrit de grands yeux devant cette soudaine révélation. Bien sûr ! Et elle aussi, elle était amoureuse !

— Moi aussi, lui répondit-elle.

Elle lui déposa un baiser léger sur les lèvres et murmura :

— Bonne nuit, Andrea.

Le lendemain matin, après le petit déjeuner, Graziella rassembla ses affaires et quitta la pension. Vingt minutes plus tard, elle était installée sur le siège arrière d'un taxi qui gravissait la colline en direction de la via dei Panteras.

Massi lui avait laissé la clé de la maison d'hôte. Elle ouvrit la porte et entra. En posant ses vêtements sur le lit étroit de la petite chambre, elle se rappela la conversation qu'ils avaient eue la veille, pendant le trajet vers la pension.

— Je vais vous parler franchement. Vous êtes très douée. Je ne perdrais pas mon temps avec vous si vous ne l'étiez pas... Mais j'ajoute que je regrette pour vous que vous ayez du talent.

— Ah bon ? Vous le regrettez ? s'était-elle étonnée.

— Mieux vaut être médiocre. C'est plus facile et moins décevant, vous ne trouvez pas ?

Elle n'avait su que répondre. Dès l'instant où elle avait posé ses yeux sur lui, elle avait eu conscience de sa propre vulnérabilité. Alors, sa colère avait presque complètement cédé. Elle avait tenté de se reprendre, mais elle en avait été incapable. Au lieu de la rebuter, il la séduisait par ses attentions. A table, il n'avait jamais omis de remarquer que son verre était vide ou qu'elle avait terminé son pain... Il lui avait posé des questions sur elle, sur ses impressions à propos de l'Italie, sur ses goûts en matière d'art, sur ses artistes préférés. Il connaissait l'histoire de son pays, ainsi que celle des Etats-Unis. Dans un sursaut de lucidité, elle s'était fait mentalement la leçon : « Ne te laisse pas avoir par tout ça. Il a agi exactement ainsi avec maman... Il lui a posé un tas de questions, lui a fait croire qu'elle était la seule personne au monde pour lui, la plus intéressante, la plus belle... »

— Est-ce que vous aimez Renoir ? lui avait-il aussi demandé.

— J'adore Renoir, avait-elle répondu.

Elle avait hérité de l'amour de sa mère pour ce peintre, pour ses couleurs et sa sensualité.

— C'est certainement pour ça que vous me rappelez quelqu'un que j'ai connu il y a longtemps. C'était une Américaine, elle aussi. Et elle aussi adorait la peinture de Renoir.

A un moment, Graziella avait surpris Massi en train de regarder par la fenêtre. Une expression d'intense mélancolie se lisait dans ses yeux. Il s'était aperçu qu'elle l'observait et avait tenté un simulacre de sourire :

— Il faut m'excuser. J'ai été très fatigué récemment. Je crois que plus je vieillis, moins je supporte la chaleur.

Depuis la fenêtre de la petite maison, elle avait vue sur la villa, éblouissante sous le ciel bleu. De l'autre côté, une flottille de bateaux à moteur sortait pour la pêche. Elle aimait I Perazzi : la maison, la pergola, les parfums, la brise et, par-dessus tout, la vue sur le port. C'était la première fois qu'elle habitait dans un lieu aussi enchanteur.

La journée s'annonçait magnifique, et un vent léger apportait avec lui un subtil arôme de romarin.

5

Le lendemain matin, Graziella se réveilla de bonne heure. Elle posa son chevalet à l'extérieur pour se préparer à sa première véritable journée de travail. Massi l'avait avertie que la ville subissait parfois des coupures d'eau intempestives, aussi prit-elle la précaution d'en faire réserve afin de pouvoir mélanger ses couleurs.

Elle s'était rarement sentie aussi nerveuse. Tous ses travaux antérieurs semblaient se résumer à une répétition pour le travail qui l'attendait. Le sujet de son tableau était simple : le port de Porto Ercole ; la mer Tyrrhénienne et ses couleurs changeantes ; une route en lacet, un voilier qui passait au large, quelques nuages aux formes amusantes. Mais la composition du tableau était-elle bonne ? Ou devait-elle gratter ce qu'elle avait déjà fait et recommencer à zéro ?

Quelques minutes plus tard, incapable de se concentrer, elle reposa ses pinceaux et consacra ses pensées aux deux hommes qui avaient fait irruption dans sa vie, Massi et Andrea.

Les choses étaient arrivées trop vite. Mais de quoi se plaignait-elle ? Les événements ne se déroulaient-ils pas conformément à son plan ? Ce plan qui consistait à se rapprocher de son père dans le but de le blesser, de le trahir ? De le faire souffrir aussi cruellement qu'il avait fait souffrir sa mère ? Aussi cruellement qu'il l'avait fait souffrir, elle, de son absence, depuis le moment où elle avait été en âge de comprendre qu'elle n'avait pas de père ? Avait-elle oublié pourquoi elle avait entrepris ce voyage en Italie ?

Mais ce plan ourdi de loin avait été complètement bouleversé dès le moment où elle avait vu, entendu Massimiliano Caracci. Ses défauts, tels que son entêtement, ses accès de colère, son caractère autoritaire, dont sa mère avait pâti, n'en supprimaient pas pour autant ses qualités. Sa gentillesse et sa chaleur en faisaient partie, et Graziella en avait déjà eu un aperçu. Il était même allé jusqu'à lui offrir son hospitalité, alors qu'elle s'était présentée à lui comme une étrangère.

Il fallait se rendre à l'évidence : à l'inverse de ce qu'elle avait prévu, son père et sa forte personnalité avait complètement pris l'ascendant sur elle.

Lorsqu'il lui avait fait des compliments sur sa peinture, elle avait réagi d'une façon complètement contraire à son plan : au lieu de chercher à le blesser, elle avait été flattée et avait décidé qu'il serait fier d'elle ! Elle s'était immiscée dans sa vie avec l'intention de la lui gâcher, mais elle s'apercevait simplement maintenant à quel point elle avait encore besoin qu'il la reconnaisse, vingt-deux ans après son abandon. Il lui avait suffi de quelques mots d'encouragement : « Vous êtes très douée ; vous êtes une jeune fille très attirante », pour transformer, d'une certaine façon, le regard qu'elle portait sur elle-même.

Et pourtant, bien d'autres personnes l'avaient

encouragée tout au long de sa vie. Ses professeurs de l'école des beaux-arts n'avaient cessé de la féliciter pour ses capacités techniques et son sens des couleurs. Et le propriétaire de galerie de Chicago qui avait exposé ses œuvres dans un café avait reçu tellement de critiques enthousiastes qu'il avait prolongé l'exposition d'un mois. Sans parler de Lizzie. Il y avait toujours eu une légère compétition non avouée entre la mère et la fille, même si Graziella répugnait à le reconnaître. Lorsque, à l'âge de dix-sept ans, elle avait fait part à sa mère de son ambition de devenir peintre, celle-ci s'était contentée de répondre : « Tu sais, tu n'es pas la première ! »

Mais ensuite, elle lui avait présenté des excuses pour ces paroles et l'avait soutenue dans son entreprise.

Après le départ de Graziella pour New York, Lizzie s'était elle-même remise à peindre. Un jour, au téléphone, elle avait lancé : « Peut-être qu'un jour quelqu'un voudra bien exposer mes œuvres à moi. » La jeune fille avait raccroché avec le vague sentiment d'avoir, d'une certaine manière, offensé sa mère.

Rétrospectivement, elle comprenait sans peine qu'il n'avait pas été simple pour Lizzie d'avoir une fille artiste. La même Lizzie qui, adolescente, se penchait sur la vie des grands peintres et qui connaissait par cœur la palette de Renoir. Celle qui, à vingt ans, souhaitait devenir peintre. Parfois, Graziella se demandait comment elle avait pu supporter de renoncer à ses passions. Elle avait tout abandonné : d'abord la peinture, puis la restauration. Comme il avait dû être difficile pour elle de se rendre chaque jour sur son lieu de travail pour y accomplir des tâches qui ne faisaient pas appel à ses compétences ! Des tâches qui se situaient à des années-lumière de ses dons et de ses aspirations. Lizzie avait-elle accepté cette destinée avec résignation ou avait-elle toujours regretté les chances perdues, les occasions manquées ?

Parfois, le matin, au réveil, Lizzie avait une voix enfantine, gaie, et faisait fuser son rire dans toute la maison. Cette insouciance tout à fait inhabituelle dévoilait à sa fille un personnage qu'elle ne connaissait pas. Comme si celui que Lizzie lui montrait au quotidien n'était qu'un rôle confortable dans lequel elle s'était coulée. La vraie Lizzie, celle qui parlait d'une voix juvénile et riait d'un rire cristallin, celle qui était jeune, et forte, et artiste, et un peu fofolle, était quelqu'un d'autre. La vraie Lizzie se trouvait à Rome, où, penchée sur une table, elle nettoyait une peinture en rêvant à Massi.

Bien entendu, sa mère avait eu quelques hommes dans sa vie : Ron, le barbu au nœud papillon et aux manières formelles ; Peter, ce mec si ennuyeux, qui marchait courbé comme un vieux ; et bien d'autres. Mais jamais Lizzie n'avait perdu la tête pour aucun d'eux. D'ailleurs, Graziella l'avait entendue déclarer plus d'une fois : « Je préfère rester seule plutôt que de m'embarquer dans des aventures qui ne m'excitent pas. »

Ce matin-là, Massi arriva de bonne heure en lui apportant un plateau chargé de plusieurs cruches d'eau : « Au cas où vous auriez soif pendant la nuit. » Il examina les pièces de la petite maison pour vérifier que tout était en ordre puis, satisfait, fit signe à Graziella de s'asseoir.

— Vous vous demandez sûrement pourquoi je

vous permets de séjourner dans ma maison d'hôte, déclara-t-il d'un ton grave. Et vous vous demandez sûrement qui je suis, et si je permets à tout le monde de s'installer chez moi. Vous vous demandez aussi si je possède bien toute ma tête. Rassurez-vous, oui. Seulement, j'ai pensé que nous pourrions peut-être nous rendre mutuellement service, on ne sait jamais.

— Quel genre de service ?

— Qui sait, si votre travail est bon ?

Il y eut un silence.

— Qui sait quoi ? insista-t-elle.

Mais il éluda sa question et se contenta de lui recommander :

— Si vous avez besoin de quoi que ce soit, dites-le-moi.

— Je vais aller faire des courses au village, tout à l'heure.

Il l'interrompit d'un regard impatient :

— Vous êtes mon invitée, dit-il d'un ton brusque, je vous fournirai ce dont vous avez besoin.

En partant, il l'informa qu'il avait été appelé à Rome pour une urgence, et qu'il serait de retour l'après-midi suivant.

— Excusez-moi, vous n'aurez pas de voiture. Mais il y a une vieille bicyclette dans le garage. J'ai vérifié ce matin, les pneus sont impeccables.

Elle devait retrouver ce soir-là la seconde personne qui occupait son esprit : Andrea. Le simple fait de prononcer son nom lui procurait un étrange plaisir, presque illicite.

Elle réfléchit longuement à ce qu'elle porterait pour leur rendez-vous à la pension. Elle opta pour une petite robe noire qui mettait en valeur ses yeux foncés. A sept heures, elle dévala la pente de la colline, en proie à une telle excitation qu'elle fut à deux doigts de se faire faucher par une voiture de sport qui arrivait à toute allure.

Pour faciliter leurs conversations, elle avait acheté un lexique d'italien. Après tout, elle pouvait bien faire un petit effort pour essayer de communiquer. Elle connaissait désormais les mots « bol », *la scodella*, « assiette », *il piatto*, « serviette », *il tovagliolo*, et « table », *il tavolo*. Ce n'était pas grand-chose, mais néanmoins un début qui ferait plaisir à son chevalier servant.

Arrivée en ville, elle emprunta une ruelle sinueuse pour rejoindre la pension. Là, elle s'adossa contre la façade et regarda sa montre : elle avait une bonne demi-heure d'avance. Elle s'apprêtait à entrer chez un marchand de journaux lorsqu'elle vit Andrea sortir du hall de l'hôtel, une expression furieuse sur le visage.

— Andrea ! l'appela-t-elle.

— Je ne sais pas ce que tu fabriques, Graziella, cracha-t-il, furibond. En revanche, je sais que tu me mens.

— Comment ça ? murmura-t-elle en sentant son estomac se serrer brutalement.

Andrea se mit à déverser un flot de paroles en italien avec si peu de discrétion que les piétons les dévisagèrent avec curiosité. Puis il finit par s'exprimer en anglais :

— Je suis allé te chercher à la pension, et là, qu'est-ce que l'on me dit ? Que tu n'y es plus depuis deux jours. Que Graziella Orman est partie. Tu me prends pour qui, exactement ?

— Andrea, je ne suis plus à la pension Monte Cristo, avoua la jeune fille d'une petite voix.

Une vague d'anxiété la parcourut. Comment avait-elle pu se montrer assez sotte pour accepter de le rencontrer devant cette pension ? Comment lui expliquer, maintenant, qu'elle séjournait dans la maison d'hôte d'une villa de la colline, alors qu'elle lui avait affirmé à plusieurs reprises qu'elle ne connaissait personne ni à Porto Ercole ni en Italie ?

— Pourquoi ? questionna le jeune homme, furieux. Pourquoi as-tu quitté cet hôtel sans me le dire ? Et pourquoi m'as-tu fixé rendez-vous ici ? Pourquoi ? Finalement, en réfléchissant bien, c'est parce que tu ne désires pas me voir, c'est bien ça ?

En étudiant son visage, elle vit qu'il était moins fâché par le fait qu'elle ne logeait plus à la pension que par l'idée de ne plus la revoir.

— Andrea, j'ai pensé à toi toute la journée, prononça-t-elle doucement.

— Allez, pas la peine de me raconter des histoires...

— Si, c'est vrai. Andrea, je vais t'expliquer.

Mais qu'allait-elle lui dire exactement ?

— Comment veux-tu que je croie ce que tu me racontes ? Tu t'appelles vraiment Graziella ?

— Oui.

— Et tu habites où, maintenant ? Tu dors où ?

— Je t'expliquerai tout ça pendant le repas, lui promit-elle.

— Pendant le repas... Bon...

Andrea, perplexe et en colère, s'arrêta pour allumer une cigarette. Il aspira profondément et souffla un long jet de fumée.

— Je ne sais pas si je vais dîner avec quelqu'un qui passe son temps à me raconter des histoires. Quelqu'un qui me prend pour un idiot.

— Non, je t'assure, je ne te raconte pas d'histoires, et je ne te prends pas pour un idiot, protesta faiblement Graziella.

Elle attrapa sa main, un geste qui eut l'air de le calmer un peu.

— Et que veux-tu que je pense de tout ça ? insista le jeune homme pendant qu'ils marchaient vers le centre de la ville. Un jour tu es ici, le lendemain tu n'y es plus. La vérité, c'est que tu m'as peut-être fui, tout simplement ?

— Mais non, je ne pourrais pas te fuir !

— D'accord, mais comment veux-tu que je te croie ?

— La preuve : j'ai appris le mot « serviette » pour toi !

Malgré elle, elle éclata de rire. C'était la première fois depuis longtemps qu'elle riait de bon cœur. Cela ne lui était plus arrivé depuis la mort de sa mère, et cette crise de fou rire lui fit du bien.

Andrea la regarda, amusé et décontenancé.

— Je crois que tu es folle, lui dit-il affectueusement. Que veux-tu dire ? C'est quoi, cette histoire de serviette ?

— Serviette, dit-elle, toujours secouée de rire. *Il tovagliolo*. C'est bien ça ?

— Ah bon ? fit Andrea comme s'il était offensé. Je suis une serviette ? Tu me traites de serviette ?

— *Il tavolo*, poursuivit Graziella.

— Et maintenant, tu me traites de table. Je te remercie de me flatter ainsi. Mais je te rappelle que je suis un être humain.

Le rire de Graziella était si contagieux que le jeune Italien se laissa gagner malgré lui.

— Et pourquoi justement ces mots-là ? Je suis

192

enchanté que tu connaisses le mot « serviette », mais tu pourrais en apprendre d'autres.

— Comme quoi, par exemple ?

Il ne répondit pas, car ils avaient pénétré dans la salle de restaurant et un serveur les dirigeait vers une petite table tout au fond. La pièce, étroite et tout en longueur, était surpeuplée. Des nappes bleu et blanc garnissaient les tables.

— *Un tovagliolo, per favore,* dit Graziella au garçon, dès qu'elle fut installée.

L'expression ahurie du serveur lui déclencha un nouvel accès de fou rire.

Lorsqu'il leur apporta leur plat de *linguine* aux coques et de *tortellini* au jambon, Andrea relança le débat :

— O.K., raconte-moi, maintenant. Et, s'il te plaît, plus d'histoire de serviette ! D'accord, tu es très douée pour les langues, mais je préférerais que tu m'expliques d'abord certaines choses.

Si seulement elle avait pu lui dévoiler l'entière vérité ! Elle eût été délivrée d'un grand poids. Mais c'était impossible.

— J'ai rencontré un marchand d'art, commença-t-elle. Il vit dans les collines, dans une villa appelée I Perazzi.

Elle lui expliqua que ce marchand d'art s'était montré intéressé par son travail, et qu'il lui avait proposé de s'installer dans sa maison d'hôte. La suspicion d'Andrea revint au triple galop.

— Comment s'appelle-t-il ?

— Massimiliano Caracci.

— Ah oui. Je connais ce nom.

L'estomac de la jeune fille se contracta.

— Comment le connais-tu ?

— C'est un marchand d'art moderne connu. Très réputé, très respecté. Si c'est vraiment lui, il a une galerie à Rome... Ça a l'air de t'étonner ?

Effectivement, Graziella ne s'attendait pas à une telle notoriété.

— Rome est une grande ville et...

— Je t'ai déjà dit que l'Italie n'était pas si grande que ça. Mais, dis-moi, qu'est-ce que ce Caracci attend de toi ?

Lorsqu'elle lui apprit qu'il lui avait demandé d'exécuter un tableau pour sa prochaine exposition, Andrea la couva d'un regard admiratif.

— Félicitations, lui dit-il. C'est un grand honneur.

— Peut-être qu'il n'aimera pas...

— Le simple fait qu'il te l'ait demandé est un honneur, répliqua son compagnon. Quatre-vingt-dix pour cent des peintres italiens aimeraient se trouver à ta place... Dis-moi, ce type, ce Caracci, tu lui as tapé dans l'œil ?

La question désarçonna Graziella.

— Il a été très encourageant, risqua-t-elle.

— Tu ne comprends pas. Je veux dire : tu lui plais ? De la même façon que tu me plais à moi ?

Graziella repensa au moment de malentendu chez Massi, le soir où il avait cru qu'elle faisait une tentative de séduction. Jamais elle ne s'était sentie si embarrassée, et ce souvenir la fit rougir.

— Andrea, ne sois pas ridicule.

— Comment veux-tu que je le prenne ? Tu me dis que tu habites chez un homme plus âgé, je le prends mal, c'est normal.

— Dans une maison d'hôte, je te rappelle, pour peindre.

Andrea éluda son objection d'un geste de la main.

— La maison d'hôte est sans doute près de sa maison à lui, je me trompe ?

— Je te le jure, Andrea, ce n'est pas ce que tu penses.

— Je comprends. Bien sûr. Quand on fréquente des Caracci, les pauvres mecs comme moi, évidemment, ils ne sont pas à la hauteur !

Graziella le regarda au fond des yeux et prononça :

— *Penso che stia cadendo nell'amore con tel.*

Andrea se méprit.

— Et maintenant, tu te fiches de moi ! Tu me singes !

— Mais non ! Je te le dis. Je le pense.

C'était la stricte vérité. Cependant, prise de panique devant ses propres paroles, elle se tut. Elle finit son repas en silence, en sentant sur elle le regard d'Andrea qui ne la quittait pas des yeux.

— Qu'y a-t-il ? répéta-t-elle à plusieurs reprises.

A chaque fois, il se contenta de répondre :

— Je te regarde, c'est tout.

Après le dîner, elle lui demanda doucement :

— Andrea, à ton avis, que va-t-il se passer ?

— Comment ? Tu veux dire entre toi et Caracci ?

— Non, je veux dire...

— Entre toi et moi, c'est ça ?

Andrea réfléchit quelques instants avant de répondre.

— Je ne sais pas. Je ne sais pas au juste ce que je veux qu'il se passe, murmura-t-il, les joues soudain rougies. Allez viens, on va faire un tour.

Dehors, l'air était doux et l'ambiance à la fête. Sur le port, un yacht au mouillage étincelait de tous ses feux. Les passants, en grande toilette, faisaient leur promenade du soir. Les terrasses des cafés étaient bondées. Accrochée au ciel rempli d'étoiles, la lune brillait, pleine et argentée. Andrea prit la main de Graziella.

— On monte sur la colline, d'accord ?

Un vieux banc en bois les attendait au sommet. Ils savourèrent silencieusement la beauté du spectacle qui s'offrait à eux : les lumières en demi-cercle d'un bateau qui glissait sur l'eau, l'escalier éclairé qui menait jusqu'aux fortifications étrusques, les petits points lumineux qui saupoudraient les montagnes. Andrea chercha les lèvres de la jeune fille, qui répondit aussitôt à son baiser. Mais lorsque ses doigts se dirigèrent vers les boutons de son corsage, elle le repoussa doucement.

— Que se passe-t-il ? murmura-t-il.

— Non, ici, on ne peut pas...

— On ne peut pas quoi ?

— Tu sais ce que je veux dire.

— D'accord, mais où, alors ? S'il te plaît, je veux être avec toi.

Graziella lui tendit la main.

— Viens.

— Où ? Dans ma voiture ?

— Viens, tu vas voir.

Main dans la main, ils gravirent la pente jusqu'à la villa. Les arbres, si familiers à la lumière du jour, jetaient des ombres fantasmagoriques. Sans dire un mot, ils remontèrent l'allée gravillonnée d'I Perazzi.

La clé avait du jeu dans la serrure. Andrea parvint à ouvrir la porte. Vite, ils coururent vers la chambre et, quelques secondes plus tard, se jetèrent sur le lit et s'arrachèrent mutuellement leurs vêtements. Graziella ne put s'empêcher d'avoir une pensée pour Eric et sa façon gentille, mais légèrement mécanique, de lui faire l'amour. Il lui apportait la satisfaction, mais pas grand-chose d'autre. De manière saugrenue, elle se le représenta en pyjama, en train de se brosser les dents et de recracher son dentifrice dans le lavabo.

Le contact d'Andrea l'électrisa. Pour la première fois de sa vie, son corps s'harmonisa parfaitement avec un autre, dans une fusion si complète que le monde s'effaça et que plus rien n'exista que leur désir et le tourbillon qui les emportait. Plus tard, elle s'écarta de lui, vaguement honteuse de ce déferlement de sensations qui lui avait fait perdre la tête.

— Oh, j'ai trop chaud ! prétendit-elle tout en se détestant pour ce mensonge.

— Non, non, non ! Reste contre moi ! protesta Andrea.

Dans son pantalon hâtivement jeté par terre, il trouva un paquet de cigarettes.

— Tu en veux une ?

Graziella hésita, puis accepta. Elle n'avait jamais fumé, mais fumer en Italie, ce n'était pas pareil. Bizarrement, elle eut l'impression d'avoir déjà entendu cette phrase quelque part. Quelqu'un qui n'avait jamais fumé avant s'y était mis en Italie pour éviter de se faire marginaliser... Bien sûr, c'était sa mère ! Elle éteignit sa cigarette et fit la grimace :

— Beurk ! Il fait trop chaud là-dedans pour fumer.

— Tu es certaine que ça ne va pas te poser de problème de m'avoir amené ici ?

— Oui, j'en suis certaine, répondit-elle en tentant de paraître convaincue.

Pourtant, elle en était bien loin. Une vague culpabilité l'empêchait de garder sa sérénité. Elle avait l'impression d'agir comme une adolescente introduisant subrepticement son petit copain dans sa chambre, en l'absence de ses parents. En y réfléchissant, c'était exactement ce qu'elle avait fait !

— Comment sais-tu que Caracci n'est pas là ?

Prenant le soin de ne pas prononcer le nom de « Massi », Graziella lui expliqua que monsieur Caracci s'était rendu à Rome, et qu'il ne reviendrait pas avant le lendemain soir. Chassant ces pensées qui brisaient la magie de l'instant, elle se lova contre son amoureux.

— Andrea...

— Oui ? répondit-il sans cesser de caresser ses hanches nues du bout de l'index.

— Tout à l'heure, au restaurant, quand tu m'as dit que tu ne savais pas ce que tu voulais qu'il arrive, cela signifiait quoi exactement ?

— Eh bien... Que j'ai envie d'être avec toi. Tout le temps.

Il eut un petit rire incrédule.

— C'est la première fois que ça m'arrive ! Je n'ai jamais aimé personne autant que toi. J'ai l'impression que c'est dans l'ordre des choses... J'ai l'impression que j'ai rencontré la personne qui m'était destinée. Tu te rends compte ! J'ai envie de me marier avec toi ! avoua-t-il en riant de nouveau. C'est affreux !

— Ah bon, c'est affreux ?

— Mais non, bien sûr, c'est fantastique !

Graziella avait envie de lui dire qu'elle ressentait la même chose. Qu'elle se voyait partageant sa vie avec lui, qu'elle se voyait... Mais tout à coup, la méfiance et l'appréhension toujours tapies au fond de son être refirent surface. Surtout, ne pas se laisser aller.

— Viens, dit-elle à Andrea qui s'éventait avec un bloc à dessin. J'ai une idée.

Chauffée par le soleil pendant toute la journée, l'eau de la petite piscine était à une température idéale. Ils s'y plongèrent avec délice et nagèrent tous les deux dans le noir. Par jeu, Andrea surprit la jeune fille par-derrière et prit ses seins dans ses mains en couvrant sa nuque de baisers.

— Arrête ! se défendit-elle en riant.

— Tu veux que j'arrête parce que tu aimes ça !

Soudain, elle tendit l'oreille. Un crissement de pneus... Une voiture roulait dans l'allée.

— Oh, mon Dieu ! chuchota-t-elle. Vite, vite, il faut partir !

Une portière claqua, un bruit de pas retentit.

Elle était ruisselante et toute nue ! Ses yeux tentèrent de trouver l'obscurité.

— Où est-ce que j'ai mis mes vêtements ? interrogea-t-elle, affolée.

Bien sûr, elle les avait laissés dans la chambre, éparpillés sur le sol, à côté de ceux d'Andrea. Elle n'avait même pas apporté une serviette !

Imitée par le jeune homme, elle fila à toutes jambes vers la petite maison, courbée en deux dans l'espoir de passer inaperçue. Elle déboucha en trombe dans sa chambre, soulagée, le cœur battant, et se cogna contre le lit. De la fenêtre, elle pouvait voir la Lancia rouge garée à l'angle de l'allée. Pourquoi Massi était-il rentré si tôt ? Les avait-il vus ou entendus parler ?

Les deux jeunes gens attendirent un long

moment assis sur le lit. Andrea avait le visage un peu crispé. Au bout d'un moment, il chuchota :

— Je pense que ça devrait aller maintenant. Il a éteint la lumière.

— Il faut que tu partes, répondit Graziella à voix basse.

Le jeune homme hocha la tête et s'habilla en silence.

— Je te revois quand ? murmura-t-il.

Il sentait l'eau, le sel et la sueur, une odeur qu'elle inhala profondément.

— Ce ne sera pas possible demain, répondit-elle.

— Après-demain, alors.

— D'accord.

Mais pourquoi lui avait-elle dit que ce ne serait pas possible le lendemain ? Elle n'avait rien de prévu ! Pourtant, elle répéta :

— D'accord, après-demain.

Il était près de dix heures le lendemain matin lorsqu'elle reprit ses pinceaux. Elle avait passé une nuit agitée à somnoler et à se réveiller sans cesse, après des rêves pleins d'Andrea. Dans l'un d'eux, Massi et lui s'étaient retrouvés face à face. Son père avait chassé le jeune Italien, armé d'un ustensile dans le genre d'une pelle ou d'un balai.

Le gazouillis des oiseaux l'avait réveillée. Lorsque, enfin, elle avait eu le courage de se lever, elle s'était préparé une tasse de café qu'elle avait bue en admirant la vue sur le port de Porto Ercole. Après une seconde tasse accompagnée de *cometti*, elle avait parcouru les pièces de la maison, à la recherche d'une trace éventuelle du passage d'Andrea. Elle n'avait rien trouvé. Satisfaite, elle avait installé son chevalet dehors, sur le gazon.

Mais la présence de Massi dans la villa l'empêchait de se concentrer sur son travail. Et ce qu'elle craignait se produisit assez rapidement : au bout d'un moment, il fit son apparition.

— *Buongiorno*, s'écria-t-il. Comment va mon amie peintre ce matin ?

— Je vais bien, répondit-elle d'un ton aussi enjoué que possible. Je ne vous attendais pas si tôt.

Elle évita de regarder son interlocuteur, qui répondit en haussant les épaules :

— J'ai eu un changement de programme.

Ils discutèrent un moment. Graziella, mal à l'aise, fuyait toujours le regard de Massi.

Ce dernier lui raconta que l'on étouffait à Rome. Que, d'ailleurs, tous les magasins fermaient pendant le mois d'août, si bien que le gouvernement avait dû intervenir et exiger une sorte de service minimal en obligeant les commerçants à assurer une permanence. Il évoqua aussi avec attendrissement les étés torrides de son enfance, à Fiumicino.

Soudain, il changea brutalement de sujet.

— Anna, est-ce que vous fumez ?

Cette question déconcerta Graziella.

— Non, parvint-elle à articuler. Enfin, de temps en temps, il m'arrive d'avoir un moment de faiblesse...

Massi tendit sa paume ouverte. A l'intérieur, elle vit quatre mégots. Son cœur manqua un battement : c'étaient les cigarettes d'Andrea, et peut-être l'une des siennes.

— Donc, vous avez peut-être eu quelques moments de faiblesse hier soir, dit-il en souriant.

— Je suis désolée...

— A moins que ce ne soit votre ami, celui de la piscine ?

Catastrophe ! Il les avait vus tous les deux, dans sa piscine !...

Elle leva les yeux sur lui, mais ne vit aucune trace de mécontentement sur son visage. Au contraire, il paraissait plutôt s'amuser.

— Je vais vous expliquer... commença-t-elle.

— Que voulez-vous m'expliquer ? En ce qui me concerne, je suis content de voir que vous vous êtes fait un ami. Les gens s'imaginent que l'amour arrive comme ça, très facilement... Mais non...

Il se rapprocha de quelques pas et la regarda bien en face :

— Bien. Ce garçon, est-il gentil avec vous ?

— Oui, répondit-elle.

— Il est italien ? Vous l'avez rencontré ici ?

— Oui, concéda-t-elle d'une voix à peine audible.

— Parce que s'il n'est pas gentil avec vous, il faut me le dire.

Il eut un petit rire sans joie.

— Faites attention, d'accord ?

— D'accord, répondit-elle, curieusement touchée. Excusez-moi de l'avoir amené ici. C'est simplement que... Eh bien, nous ne savions pas où aller.

Massi balaya ses paroles d'un geste de la main.

— Vous croyez que je vous en veux d'avoir amené ce garçon ici ? Je vous en prie ! Ce que vous faites ne me regarde pas. Tout ce que je vous demande, c'est de ne pas fumer.

— Excusez-moi...

— Ce n'est pas une question de morale, bien entendu. Fumer est une habitude fatale, mortelle. Vous me le promettez ?

Quelle curieuse remarque ! Sans lui en demander

la permission, elle avait amené un garçon dans sa maison d'hôte. Ils avaient fait l'amour, utilisé la piscine, et la seule chose qui l'inquiétait, c'étaient les cigarettes ? Elle n'y comprenait rien.

— Je vous le promets, dit-elle en hochant la tête.

— Parfait. Je vais faire un petit tour. Vous venez avec moi ?

Ils descendirent la colline jusqu'à la route sans échanger une parole. De l'autre côté, une vieille rampe courait jusqu'à la mer. Ils empruntèrent l'escalier et Massi fit bientôt signe à la jeune fille de passer derrière la rampe. Elle hésita un peu avant de se baisser et de le suivre dans un sentier tortueux qui débouchait sur un champ couvert de fleurs sauvages. Massi traversa le champ en s'arrêtant pour ramasser çà et là un détritus ou un caillou. Puis il s'assit sur un rocher et l'invita à en faire de même.

Ils restèrent ainsi un long moment sans parler, les yeux fixés sur les eaux irisées de la mer Tyrrhénienne. La journée était déjà chaude. Une forte odeur de sardine leur chatouilla les narines, intensifiée par la température élevée. Massi expliqua à Graziella que cet agréable parfum provenait de la conserverie toute proche.

Soudain, il leva le nez en humant l'air dans le sens opposé.

— Vous sentez venir le sirocco ? L'été, il souffle souvent sur le sud de l'Italie. Un vent humide et fort, à vous faire exploser les sinus. Un vent qui donne des envies de meurtre... Mais j'aime la chaleur, même si j'ai du mal à la supporter, et j'adore cet endroit. Mon père est d'ici, de Porto Ercole. La pauvreté avait chassé sa famille à Rome.

Massi se tut, puis ajouta :

— Il m'avait demandé de disperser ses cendres ici.

Le père de Massi. Le grand-père de Graziella. Elle ne savait rien de sa famille, elle ne savait même pas qu'il en existait une.

— Vous étiez proche de votre père ?

— Cela dépend de ce que vous entendez par « proche ».

— C'était quel genre d'homme ?

Massi fronça les sourcils.

— Il était comme tout le monde. Il avait ses bons et ses mauvais côtés. Il a travaillé dur pour nous nourrir. Mais je ne le voyais pratiquement jamais. Le samedi et le dimanche, parfois. Et vous, votre père, c'était quel genre d'homme ? Vous étiez proche de lui ?

Prise de court par sa question, Graziella réfléchit un moment avant de répondre :

— Moi non plus, je ne l'ai pas vu souvent. Donc, non, on ne peut pas dire que nous étions proches.

— Vous êtes comme moi, alors.

Elle leva sur lui des yeux incrédules.

— Oui, peut-être... Oui, d'une certaine façon, je suis comme vous.

— On a tous besoin de son père, murmura-t-il, pensif. A n'importe quel âge. On a besoin de quelqu'un qui nous encourage, qui nous appuie, qui nous approuve dans nos choix. Il me manque.

Il marqua une petite pause, puis poussa un profond soupir.

— Et la peinture ? Ça marche ?

— Ça marche très bien. Je n'ai pas encore eu beaucoup de temps pour...

— Alors, il faut que vous en trouviez. Vous prenez cette affaire au sérieux, oui ou non ?

Quel changement dans sa voix, tout à coup !

— Vous savez, si vous ne travaillez pas sérieusement, vous perdez mon temps et le vôtre.

Pour qui la prenait-il ?

— Mais je suis sérieuse ! riposta-t-elle.

— Bien, c'est ce que je pense. Mais alors, je ne comprends pas pourquoi vous perdez du temps en venant vous promener avec moi. La prochaine fois que je vous le proposerai, je veux que vous me répondiez très poliment : « Massi, vous êtes un compagnon absolument merveilleux, intéressant, charmant, mais j'ai du travail ! » Et moi, je serai déçu, mais je comprendrai. Voilà.

Il plissa les yeux, puis lui demanda :

— Allez, on descend jusqu'à l'eau ?

— Oui, bien sûr ! répondit-elle étourdiment.

— Vous n'avez pas entendu ce que je viens de vous dire ? Je vais répéter : allez, on descend jusqu'à l'eau ?

— Massi, vous êtes un compagnon absolument merveilleux, intéressant, charmant, mais j'ai du travail !

— Parfait. Et maintenant, au boulot !

Voilà qu'il la renvoyait, purement et simplement.

— On se reverra tout à l'heure, à la maison ? lança-t-elle d'une voix légère.

Mais Massi ne parut pas l'entendre.

Avant de gravir les escaliers, elle se retourna. Son père était toujours au même endroit, la tête tournée vers la mer, les jambes croisées, les mains jointes derrière la tête. Elle eut envie de faire demi-tour, d'aller reprendre sa place auprès de lui. Elle le sentait étrangement seul et avide de compagnie. Mais elle avait du travail.

Elle travaillait avec autant d'acharnement pour la première fois de sa vie. Elle n'avait jamais connu un tel rythme, ni à l'université ni à l'école des beaux-arts. Et encore moins seule chez elle, livrée à elle-même !

Pendant une semaine et demie, elle appliqua textuellement l'expression « se consacrer à son art ». Pourtant, elle commença à résister. Elle n'avait pas besoin de passer tout son temps à peindre ! Elle avait bien le droit de vivre, d'aller nager, de faire une petite sieste, de lire, de passer l'après-midi avec Andrea... Elle savait cependant que Massi avait raison, et elle devait prouver qu'elle travaillait sérieusement.

Le but recherché était simple : elle voulait créer une œuvre extraordinaire pour son père. Elle désirait qu'il soit fier d'elle. Non, elle n'avait pas oublié son désir de vengeance. Initialement, son entreprise visait à détruire son père, à le blesser, à le trahir, à lui faire exactement ce qu'il avait fait à Lizzie vingt-deux ans auparavant. Maintenant, l'objectif restait le même, mais le moyen différait : elle détruirait son père par son talent, son œil, sa technique, son sérieux... et, en définitive, par une œuvre qui l'éblouirait.

Au début, elle avait rué dans les brancards. Car Massi lui avait imposé un plan de travail. Le lendemain de leur promenade, il avait fait irruption dans la petite maison en demandant à voir sa toile. De mauvaise grâce, elle l'avait conduit jusqu'à l'atelier. Massi avait observé le tableau un long moment sans rien dire.

— C'est bâclé, avait-il finalement lâché après s'être éclairci la voix. Vous pouvez faire mieux. Je vous suggère de changer vos horaires.

Plus qu'à une suggestion, cela ressemblait à un ordre.

— Vous dormez trop tard, avait-il poursuivi.

— Ah bon ?

— Oui. Ce n'est pas bon. La moitié de la journée est déjà passée quand vous vous mettez au travail. Je veux que vous commenciez tôt le matin. On travaille mieux le matin. C'est à ce moment-là que l'on est plein d'énergie, tout en étant encore sous l'emprise de son sommeil et de ses rêves. En ce qui vous concerne, je soupçonne que votre temps de rêve est l'un des rares moments où vous vous accordez la liberté dont vous avez besoin pour votre peinture. Vous comprenez ce que je dis ?

Massi avait conclu son petit discours en précisant que, naturellement, chacun de ses artistes suivait sa propre méthode de travail, mais que, dans l'ensemble, ils se mettaient à l'œuvre dès leur réveil et ce, jusqu'à deux heures de l'après-midi. Puis ils reprenaient, après le déjeuner et une petite sieste, et travaillaient jusqu'à la tombée de la nuit.

— Ça marchera pour vous aussi. Essayez demain.

Cette façon de lui dicter sa conduite avait fortement déplu à Graziella.

— J'ai une vie, vous savez ! avait-elle lancé, frondeuse.

— Vous voulez parler du garçon ? Bien sûr, vous pouvez aller le voir. La solitude n'est pas recommandée, à moins qu'elle ne serve de refuge contre les autres. De plus, je pense que ce garçon vous fait du bien.

— Vous ne le connaissez même pas.

— C'est vrai. Mais vous avez changé depuis votre

arrivée. Sans doute ce garçon... Comment s'appelle-t-il ?

— Andrea.

— Sans doute Andrea y est-il pour quelque chose, vous ne croyez pas ?

— Que voulez-vous dire ?

— Oh !

Son père avait levé la main comme pour se gratter le front, puis s'était ravisé.

— Oubliez ce que j'ai dit.

— J'aimerais bien !

Il avait éclaté d'un rire tonitruant :

— Maintenant, vous comprenez l'effet du sirocco. Aujourd'hui, vous me détestez, non ? Le sirocco vous fait détester tout le monde.

Sirocco ou non, Graziella avait finalement trouvé très judicieuse l'idée de se créer un emploi du temps. Elle se réveillait tôt, à cinq heures et demie ou six heures, se préparait une thermos de café et sortait son chevalet sur la pelouse. A contrecœur, elle avait dû reconnaître que son père avait raison : non seulement sa nouvelle discipline était bénéfique à son travail, mais elle rendait la perspective de voir Andrea encore plus excitante. Il lui avait fallu un certain temps pour convaincre ce dernier que, si elle lui consacrait moins de temps qu'auparavant, elle appréciait d'autant plus leurs rencontres.

Son soupirant mit à profit ces moments de liberté pour lui faire découvrir la péninsule d'Argentario. Le pittoresque des villages et les petits ports qui entouraient Porto Ercole la ravirent. Andrea loua aussi un bateau à voile et ils s'accordèrent un après-midi de farniente total sur une plage accessible uniquement par la mer.

Mais, au fil des jours, l'humeur d'Andrea s'assombrissait. Graziella s'inquiéta de ses silences prolongés et voulut connaître son sujet de préoccupation. Eh bien, la réponse était simple : ses cours reprenant bientôt, le jeune homme était tourmenté par l'idée de la séparation.

— Je dois rentrer à Rome. Et toi ? Que vas-tu faire ? Tu restes ici ou tu m'accompagnes ?

Graziella ne sut que répondre. Sa décision dépendrait en grande partie de la façon dont Massi apprécierait son œuvre. Elle ignorait si sa toile lui plairait. Mais soudain, la réalité lui sauta aux yeux : elle aimait Andrea. Andrea lui était nécessaire, bien plus que toutes les peintures du monde, tous les vernissages du monde, et tout le reste du monde.

— Tout ce que je sais, c'est que je veux être avec toi, avoua-t-elle.

— Je t'aime, Graziella, lui répondit-il simplement.

C'était la première fois qu'il prononçait ces paroles. Elle le dévisagea.

— Moi aussi, dit-elle.

Puis, très vite, elle ajouta qu'elle devait retourner à la villa pour travailler.

Les préparatifs de son exposition avaient épuisé Massi. Il venait beaucoup moins souvent à la maison d'hôte et passait de plus en plus de temps au téléphone. Il était pâle, avec les traits tirés. En dépit de ce qu'il avait dit à Graziella à propos de sa prédilection pour la chaleur, la jeune fille avait remarqué qu'il passait la plus grande partie de sa journée dans les pièces rafraîchies par l'air conditionné. Il ne prenait plus ses repas dehors, sous la pergola.

A plusieurs reprises, elle l'entendit même tousser. C'étaient des quintes interminables, rauques, audibles depuis la maison d'hôte.

La première fois qu'elle lui proposa de lui préparer son repas, il refusa :

— Vous êtes mon invitée, s'insurgea-t-il.

Pourtant deux jours plus tard, à la fin d'un après-midi au cours duquel elle l'avait entendu crier au téléphone pendant une bonne heure, il accepta son offre.

Non sans appréhension, la jeune fille se mit aux fourneaux. Mais elle eut l'agréable surprise de constater que Massi appréciait ce qu'elle lui avait préparé : du risotto au jambon, de la salade d'endives aux noix et du pain paysan. Plus tard, lorsqu'ils en furent au café, il lui déclara tout à coup :

— Je trouve que ce n'est pas une si mauvaise chose que ça de vous avoir près de moi, Anna.

Il avait prononcé cette phrase d'un ton détaché, mais une pointe de mélancolie perçait dans sa voix.

— Que voulez-vous dire ? s'inquiéta la jeune fille, étrangement alarmée.

— Ce que je veux dire, c'est que vous me donnez une occasion, la seule que j'aurai sans doute, d'être...

Il s'arrêta brusquement, comme s'il écartait sa pensée.

— Non, se reprit-il.

— Pourquoi non ? insista-t-elle.

— Je ne sais pas... Vous voyez, vous avez l'âge de ma fille... Qui sait ? Peut-être est-ce une façon pour moi de vous donner un peu de ce que j'aurais dû lui donner à elle... Je ne sais pas si on peut compenser... Vous savez, je lui ai fait parvenir des choses

210

et d'autres, mais j'ai bien peur que sa mère ne fasse de la rétention.

— Et sa mère... Qui était-ce ?

Massi parut ne pas comprendre ce qu'elle lui demandait. Après un silence, il changea de sujet. Certains soirs, il avait plus de difficultés à utiliser la langue anglaise. Ce soir-là en faisait partie, et le moindre de ses mots sortait à travers le filtre d'une traduction. Graziella eut envie de se gifler : pourquoi n'avait-elle pas fait davantage d'efforts pour apprendre l'italien ?

Pourtant, contrairement aux apparences, il avait fort bien saisi sa question.

Quelques jours plus tard, ils se retrouvèrent dans la cuisine pour un dîner rapide. Au détour de la conversation, Massi revint sur le sujet :

— L'autre soir, vous m'avez posé une question à laquelle je n'ai pas répondu. Vous m'avez demandé qui était la mère de mon enfant. Eh bien, c'était une Américaine, une fille très belle. Elle était restauratrice d'art. Très douée. J'ai été très amoureux d'elle. Elle s'appelait Elizabeth. Je l'appelais Li, c'est le diminutif que je lui avais donné.

— Li, répéta Graziella, le cœur battant.

— Li était très...

Il eut un petit rire.

— Je crois que c'est dur pour un Italien de s'entendre avec une fille comme ça.

— Comme quoi ? demanda Graziella d'un ton sec.

Elle se reprit immédiatement et répéta sa question d'un ton plus doux. Ce n'était pas le moment de provoquer son père.

— C'était une fille indépendante. Une fille qui savait ce qu'elle voulait, enfin, vous voyez...

Il ne fallait pas qu'il s'arrête. Graziella le poussa à poursuivre :

— Que s'est-il passé ?

— Elle est tombée enceinte. De moi, naturellement, et pourtant, je l'ai accusée d'être allée avec d'autres garçons. Le problème, c'est que je n'étais pas prêt du tout à me marier, à avoir une femme et des enfants. Il fallait d'abord que je trouve ma place dans la société en tant qu'homme. Je lui ai dit des choses terribles. Je l'aimais, mais... Nous n'en étions pas au même stade de notre vie, c'est tout. Je ne suis pas fier de ce que j'ai fait, mais je l'ai fait. Jamais plus je n'aimerai une femme comme je l'ai aimée. Et je ne me pardonnerai jamais ce que j'ai fait.

Il se racla la gorge.

— Vous allez me trouver trop réaliste, poursuivit-il. Mais finalement, en y repensant, je me demande qui, de Li ou de moi, était le plus réaliste.

Cette confession était pathétique. Mais quelque chose en Graziella se révolta, refusa de se laisser gagner par l'émotion de l'instant. Le comportement de l'homme en face d'elle avait été inadmissible.

Elle l'entendit reprendre dans un murmure :

— Mais, comme je vous l'ai dit l'autre soir, peut-être pourrais-je vous donner à vous, Anna, un peu de ce qu'un père est censé donner à une enfant qu'il n'a jamais vue.

— Et vous savez ce qu'un père peut donner à son enfant ?

— Eh bien, je pense que cela dépend complètement de l'enfant, non ? Une fille, ce n'est pas du tout la même chose qu'un garçon.

— Bien, admettons que ce soit une fille.

Il réfléchit un moment.

— Je ne connais pas vraiment la réponse. Il va falloir que j'y réfléchisse un peu...

Puis, comme chassant les images qui défilaient dans sa tête, il prononça d'une voix plus ferme :

— Quoi qu'il en soit, Anna, je vous remercie d'être apparue dans ma vie en ce moment où je pense tellement au passé et avec... des doutes sérieux.

L'émotion fut la plus forte. Impossible à arrêter, les larmes montèrent aux yeux de la jeune fille. Elle détourna vivement la tête pour les cacher.

Massi s'aperçut de son trouble.

— J'ai dit une chose qu'il ne fallait pas ?

Graziella quitta la table brusquement, sous prétexte de débarrasser. Dans la cuisine, elle put donner libre cours à ses pleurs. Les paroles qu'elle venait d'entendre ressemblaient à s'y méprendre à des excuses de la part d'un père qui avait failli à ses devoirs. Des excuses de la part de son père...

Lorsqu'elle retourna dans le salon, elle eut la surprise de le retrouver endormi. La tête renversée sur un coussin, il respirait avec difficulté. Il faisait presque froid dans cette pièce à cause de l'air conditionné. Elle prit une couverture à carreaux bleu et rouge, l'en recouvrit et le borda avec délicatesse pour éviter qu'il ne se découvre en bougeant.

— Dors bien, papa, lui chuchota-t-elle d'une voix presque inaudible.

Même s'il avait été réveillé, il n'aurait pas compris ce qu'elle avait dit.

Le lendemain matin, Graziella mit une bonne heure à se souvenir que c'était le jour de son anni-

versaire. Elle en fut tout étonnée. Elle avait complètement oublié cet événement et personne, pas
même Andrea, ne savait qu'elle avait aujourd'hui
vingt-trois ans.

— Bon anniversaire ! souhaita-t-elle à son reflet
dans le miroir.

Elle se demanda si elle n'allait pas prendre une
journée de congé... Pourquoi ne pas appeler Andrea
et déjeuner avec lui en ville, puis louer un bateau
et faire le tour de la baie ? Peut-être trouveraient-
ils une nouvelle petite plage isolée où ils pourraient
passer des heures à se prélasser ? Puis elle se rappela que dans les circonstances présentes, cette
date du trente et un août avait une signification
bien précise : le vernissage avait lieu trois semaines
plus tard exactement.

Renonçant à ses projets, elle se mit donc au travail avec une petite angoisse au creux du ventre.
Elle commença par ajouter une légère touche de
peinture à la voile. Puis, mécontente de son
arrondi, elle la gratta et appliqua une nouvelle
couche. Quelques touches ici, un détail là... La
coque du voilier ne la satisfaisait pas non plus. Elle
n'avait pas trouvé sa teinte précise. Et si elle tentait
autre chose, un nouveau mélange de couleurs ? Elle
pouvait toujours essayer, quitte à recommencer si
ça ne marchait pas. Comme stimulée par cette date
d'anniversaire, elle eut envie de se lancer un défi,
de prendre des risques.

Elle travailla sans relâche, sans manger, sans
s'apercevoir que le temps passait. En fin d'après-
midi, à cinq heures, son tableau ne ressemblait plus
vraiment à la toile sur laquelle elle s'acharnait
depuis une quinzaine de jours. Le voilier se résu-

mait à un assemblage de triangles blancs évoquant la vitesse, l'efficacité, la finesse. Mais son dessin lui-même avait disparu. L'eau, quant à elle, représentait la mer Tyrrhénienne telle que son œil la voyait : une masse turbulente de bleus et de gris striés d'un rose vaporeux qui se fondait dans un ciel de fin d'après-midi. Au bout de dix heures, elle était toujours à l'œuvre.

Lorsqu'elle posa ses pinceaux, elle se sentait épuisée, angoissée et contente d'elle. C'était fait. Son tableau était terminé. Un instant, elle fut tentée de retoucher quelques menus détails, mais une remarque de Massi sur ses peintres les moins productifs, qui passaient un an ou plus sur chaque œuvre, l'arrêta. Elle décida de laisser sa toile telle quelle et de saisir sa chance.

Lorsque son père lui ouvrit la porte, il se retrouva face à une Graziella aux mains et aux bras couverts de taches de peinture.

— J'ai fini ! s'exclama-t-elle avec exubérance.

Mais elle s'arrêta. Apparemment, elle le dérangeait ; son visage était légèrement bouffi, et, en s'approchant, elle sentit une odeur d'alcool émaner de lui.

A la nouvelle, il répondit en prononçant avec effort :

— Bien, dans ce cas, on va aller voir.

Graziella se trouva puérile, tout à coup. Elle s'inquiéta. Son père avait-il des problèmes ? Certes, elle ne le connaissait que depuis peu, mais jamais jusqu'à présent elle ne l'avait vu boire plus de deux verres de vin. A sa façon de traverser la pelouse d'une démarche incertaine, elle en conclut qu'il avait forcément dépassé cette dose.

Et... Est-ce que son travail lui plairait ?

Lorsqu'ils se retrouvèrent devant la porte de la petite maison, elle fut saisie de panique. Non, elle n'avait pas terminé. Elle devait encore apporter des modifications !

— Euh... Vous n'allez sûrement pas aimer ce que j'ai fait... bafouilla-t-elle.

Mais Massi l'arrêta avec un sourire en coin.

— Je vous en prie, Anna. Je vais en juger par moi-même.

Il s'arrêta à quelques pas du chevalet. Graziella resta près de la porte, comme pour pouvoir s'échapper plus vite si la réaction de son père se révélait négative. Il se rapprocha, puis recula. Il ouvrit la bouche comme pour dire quelque chose, la referma et se tourna finalement vers la jeune fille. Ses yeux rendus brillants par l'alcool ne dévoilaient rien du tout. Il lui tendit une main qu'elle saisit en hésitant. Ses doigts se refermèrent sur les siens, et leurs deux mains restèrent scellées pendant quelques instants. Aucun mot ne fut échangé.

En retirant sa main, Massi sourit :

— Je savais que vous pourriez y arriver, dit-il simplement. Beau travail, Anna.

Sur ce, il se dirigea vers la porte.

Etait-ce tout ce qu'il avait à dire ? Graziella resta figée sur place, puis cria à la silhouette qui s'éloignait :

— Merci !

Massi était déjà à mi-chemin de la villa. Il s'arrêta et se retourna, avec, aux lèvres, un sourire énigmatique.

— Merci de quoi ? Tout ce dont vous aviez besoin était en vous. C'est vous qui l'avez fait. Si vous devez remercier quelqu'un, c'est vous-même.

216

Puis il reprit sa lente marche vacillante.

Ils rentrèrent à Rome le lendemain. Massi était transformé, entreprenant, plein d'énergie et de projets.

— Je me suis arrangé pour que vous puissiez rester dans l'appartement d'un de mes amis absent jusqu'en décembre, lui annonça-t-il dans la voiture. C'est dans le quartier du Trastevere, un quartier qui vous plaira. Vous pourrez rester à l'appartement pendant le mois de septembre, et, ensuite, nous parlerons de peinture, d'expositions et d'avenir. De grandes choses vous attendent, Anna. Vous êtes le genre de peintre et le genre de personne, je crois, qui peut réaliser ce qu'elle a en tête.

Andrea n'avait pas compris que la jeune fille ait choisi de voyager avec le marchand d'art :

— Tu rentres avec Caracci ? Pourquoi ? s'était-il plaint.

Elle lui avait expliqué que c'était par politesse envers son hôte, mais il n'avait pas du tout été convaincu par son argument. Finalement, ils avaient trouvé un compromis : Andrea les suivrait à quelques voitures de distance, « au cas où il viendrait des idées à Caracci ».

Elle quitta le monte Argentario avec tristesse. Elle se demanda si elle reverrait jamais I Perazzi. C'était fort improbable. Massi suivit son regard.

— Chaque été, j'ai de plus en plus de mal à partir. Particulièrement cette année.

Elle attendit qu'il précise sa pensée, mais rien ne vint.

— Bien. Occupons-nous plutôt du présent. Vous n'avez pas trop froid ? s'inquiéta-t-il, faisant allusion à l'air conditionné.

— Non, non, c'est très bien.

— A propos, excusez-moi pour hier soir.

— Que voulez-vous dire ? demanda-t-elle hypo-critement, sachant parfaitement à quoi il faisait allusion.

Les yeux cachés derrière des lunettes noires, Massi fixait la route.

— Je ne m'attendais pas vraiment à votre visite. Vous savez, hier, c'était l'anniversaire de mon enfant. Ce jour-là, traditionnellement, je m'apitoie un peu sur moi-même. Je sais que c'est très senti-mental et que, de plus, ce n'est pas une bonne habi-tude... Je bois à mon enfant. Et je bois trop.

Il se tut.

Graziella n'avait été tentée que rarement de lui révéler sa véritable identité. Elle avait été à deux doigts de le faire la première fois qu'elle avait vu Massi, dans la rue, et également lorsqu'il lui avait tendu la main lors de leur première rencontre. Mais depuis, cela ne s'était jamais reproduit.

Et voilà qu'irrésistiblement, le besoin de tout lui avouer la reprenait. Elle brûlait d'envie de lui dire qui elle était, de lui parler d'elle, de Lizzie, du passé tel qu'il lui avait été révélé. Par exemple, en commençant par glisser d'un ton détaché : « Tiens, c'était hier mon anniversaire à moi aussi. Quelle coïncidence, n'est-ce pas ? » Elle se délecterait alors de son expression sidérée.

Mais elle ne mit pas son projet à exécution, car l'esprit de son père était déjà ailleurs :

— Il y aura les gens habituels, disait-il. Nous attendons beaucoup de monde pour le vernissage et plus encore pour les semaines à venir.

Les tableaux ne seraient pas placés en suivant un

ordre particulier. Exception importante : l'œuvre de Graziella serait la première toile que les visiteurs apercevraient en pénétrant dans la galerie. La jeune fille en resta incrédule :

— La mienne ?

— Bien sûr, la vôtre. Vous ne comprenez pas ? Vous ne vous rendez pas compte à quel point vous êtes douée. Et je trouve que c'est l'une de vos plus charmantes qualités.

Le quartier du Trastevere était un endroit fréquenté par les artistes. D'aucuns le comparaient avec Greenwich Village. Effectivement, il existait de nombreuses similitudes : les rues étroites et tortueuses, la multitude de restaurants et de cafés, l'atmosphère gaie et branchée. L'appartement qui serait son foyer pendant un mois était immense ; il se composait de six pièces hautes de plafond magnifiquement meublées avec vue sur le ponte Sisto.

Avant de lui donner les clés, Massi lui remit une enveloppe blanche :

— Une petite avance sur votre travail, lui expliqua-t-il. Et, s'il vous plaît, ne croyez pas que je sois trop généreux. Je serai payé de retour et bien plus encore, après le vernissage.

Lorsqu'il fut parti, la jeune fille ouvrit l'enveloppe et en sortit un chèque. Stupéfaite, elle lut le montant : quatre-vingts millions de lires, approximativement dix mille dollars. C'était de loin la plus grosse somme qu'il lui avait été donné de recevoir pour une seule peinture. Elle rangea le chèque dans un tiroir, ravie et soulagée. Avec les deux cents dollars qui lui restaient, elle s'était demandé comment elle pourrait joindre les deux bouts. Désormais, elle n'avait plus de souci à se faire !

Maintenant qu'elle avait terminé son tableau, elle était libre de voir Andrea autant qu'elle le souhaitait. Mais il avait repris les cours, et son temps était compté. Ce qui ne déplaisait pas à Graziella, en réalité. A présent qu'elle disposait de la possibilité de le voir à sa guise, elle comprenait qu'elle avait utilisé le prétexte de son travail pour diminuer le nombre de leurs rendez-vous. Cette découverte la troubla. Elle était amoureuse de lui. Elle en était sûre. Quelle raison pernicieuse la poussait de plus en plus à l'éviter ? Pourquoi trouvait-elle beaucoup plus simple et plus sûr de communiquer avec lui par téléphone ? Lorsqu'ils étaient ensemble, elle parlait de moins en moins. Sa nervosité ne faisait que croître à chaque rencontre. Quant aux raisons qu'elle invoquait quand Andrea s'inquiétait de son attitude, elles sonnaient faux à ses propres oreilles.

Malgré tout, ils parvenaient à se voir deux à trois fois par semaine, le plus souvent à Trastevere, un quartier qu'Andrea connaissait bien. Main dans la main, ils flânaient alors par les ruelles. Parfois, Andrea allumait une cigarette et lui en proposait une, mais elle refusait, fidèle à la promesse faite à son père.

En bon guide, Andrea avait tenu à lui faire visiter les trésors du quartier, parmi lesquels les églises médiévales dédiées à la Vierge : Santa Maria dei Sette Dolori, construite par Borromini, et celle que Graziella préféra d'emblée, Santa Maria de Trastevere, avec ses mosaïques de Cavallini datant du douzième siècle. Andrea l'avait également emmenée à la Casa della Fornarina, un restaurant réputé, dernière demeure de Margherita, la fille de boulanger qui avait servi de modèle à Raphaël pour son fameux portrait : *Donna Velata, Femme voilée.*

Au retour de l'une de ces promenades, Andrea tendit à Graziella un petit cône de papier qu'il avait acheté à un marchand ambulant.

— Ça s'appelle *grattachecca*, lui apprit-il. C'est de la glace mélangée à un genre de sirop. C'est délicieux, tu vas voir.

Instinctivement, la jeune fille refusa en s'écriant :

— Non, je n'en veux pas.

Devant l'air interloqué, de son compagnon, elle se reprit :

— Non, merci beaucoup.

Mais, visiblement, elle l'avait blessé.

— Qu'est-ce qui te prend, Graziella ? lança-t-il.

Bien sûr, il ne pouvait pas comprendre. Mais... La glace... Les mets et les parfums d'Italie... La chaleur de septembre à Rome... Un beau jeune homme faisant visiter la ville à une jeune fille en lui offrant des spécialités qu'il était fier de lui faire goûter... Trastevere, où s'était trouvée l'officine d'un avorteur connu...

En guise de réponse, elle esquiva :

— Il faut que je m'en aille, Andrea.

Chez elle, elle trouva un message de Massi sur son répondeur. Depuis leur retour de Porto Ercole, elle ne l'avait pas beaucoup vu. Trop occupé à préparer le vernissage, dont la date approchait, il restait injoignable. Malgré tout, il trouvait parfois le temps de lui laisser un message sur son répondeur. Ce soir-là, le message était plus précis que d'habitude : deux acheteurs, un Suisse et un Italien, avaient simultanément fait une proposition pour son tableau, et Massi souhaitait la rencontrer afin de discuter des termes de la vente. La priant de l'excuser de s'y prendre aussi tard, il lui demandait d'avoir la gentillesse de le rejoindre pour déjeuner le lendemain dans un petit restaurant près du Campo dei Fiori.

Le lendemain, en pénétrant dans la trattoria, elle eut la surprise de constater qu'il n'était pas seul. En s'approchant de la table, elle reconnut avec un choc la femme qui l'avait accueillie à la galerie : Becky. Ils étaient en grande conversation.

En l'apercevant, Massi se leva d'un bond.

— Anna ! Voici Becky, une amie. Elle est américaine, elle aussi...

Becky lui tendit la main en la dévisageant avec attention :

— Il me semble vous avoir déjà vue...

Massi l'interrompit :

— C'est Anna, la jeune femme dont je t'ai parlé.

Il lui fit un rapide récit de leur première rencontre, ce fameux jour où Graziella était entrée dans sa maison de Porto Ercole comme en pays conquis, convaincue que tous les paysages d'Italie lui appartenaient.

— En fait, ce jour a été mon jour de chance, ajouta-t-il en riant. J'espère bien qu'Anna partage cet avis.

— Quelle drôle d'histoire !... commenta Becky lorsque son ami eut terminé.

Elle semblait troublée, mais ne dit pas un mot. Quelques instants plus tard, Massi se leva pour aller saluer quelqu'un à l'autre bout de la salle. Becky en profita pour s'adresser à Graziella :

— Félicitations. Des tas de gens aiment votre tableau.

— Merci, répondit Graziella en évitant son regard.

Il y eut un silence.

— En tout cas, j'ai l'impression que vous avez bien mené votre affaire.

— Que voulez-vous dire ?

— Oh, je vous en prie !... Alors comme ça, c'est tout à fait par hasard que vous vous êtes introduite chez Massi, à Porto Ercole, en vous présentant comme une artiste peintre ? Quelle incroyable coïncidence !

— Ce n'est pas ce que vous croyez... commença Graziella, dans ses petits souliers.

— Vous ne m'avez pas dit que Massi était un ami de votre mère ?

— Oui, c'est vrai, c'est un ami de ma mère...

— En réalité, vous êtes tout simplement un peintre qui veut faire exposer ses œuvres.

Graziella voulut répondre, mais Becky lui coupa la parole.

— Non, s'il vous plaît. J'admire beaucoup les gens comme vous, qui obtiennent exactement ce qu'ils veulent.

La jeune fille comprit tout à coup que Becky était jalouse d'elle.

— Non, non, je vous assure, insista-t-elle en riant, ce n'est pas du tout ce que vous croyez.

Elle ne put s'empêcher d'ajouter :

— J'ai l'âge d'être sa fille.

— Et vous pensez apaiser mes inquiétudes avec ça ? Vous êtes drôle.

L'expression de Becky changea. Avec un grand sourire, elle prononça :

— Vous savez, nous envisageons de nous marier l'année prochaine, donc, vraiment, vos faits et gestes n'ont que peu d'importance.

La nouvelle était inattendue. Massi n'avait pas mentionné une seule fois Becky pendant leur séjour à Porto Ercole. Se marier ? Cela semblait improbable.

Graziella fut soulagée lorsqu'il revint s'asseoir auprès d'elles.

— Alors, vous avez fait connaissance ? demanda-t-il. Très bien.

A l'adresse de Graziella, il ajouta :

— Becky est mon ange gardien. C'est elle qui m'empêche de devenir fou.

Mais Graziella ne l'écouta que d'une oreille distraite. Elle passa le repas à observer ses deux compagnons du coin de l'œil en guettant chez eux le moindre signe de complicité.

— Je pense que le prix qu'il a offert est correct, disait Massi à son assistante. Il ne faut pas surévaluer le travail d'un débutant. Avez-vous donné un nom à votre tableau ? demanda-t-il alors à Graziella.

La jeune fille secoua négativement la tête.

— Il faudra en trouver un, reprit-il. Dans la mesure du possible, je voudrais éviter *Sans titre*.

Graziella resta stoïque pendant tout le déjeuner. En quittant le restaurant, Massi annonça à Becky qu'il la déposerait à la galerie, puis lui donna une longue liste de tâches à exécuter dans l'après-midi. En descendant de la voiture, l'Américaine décocha un regard venimeux à Graziella.

— Et vous ? Qu'allez-vous faire ? demanda-t-elle d'un ton anodin à Massi.

— Je vais emmener Anna dans un endroit magnifique.

Effectivement, l'endroit était magnifique. Jamais

224

Graziella n'avait vu d'aussi beaux jardins que ceux du Vatican. Le vert tendre de la pelouse mettait en valeur la luxuriance des tonnelles et des plates-bandes où rivalisaient d'éclat les rouges, les violets, les orange et les jaunes, sans parler des couleurs dont elle ignorait jusque-là l'existence.

— J'ai la chance d'avoir accès aux jardins du Vatican, expliqua Massi. Je connais un personnage important qui est peintre à ses moments perdus. Voilà quelques années, j'ai accepté de présenter ses œuvres. En remerciement, il m'a donné l'autorisation de me promener dans cet endroit enchanteur, qui est peut-être le plus calme de Rome. Il m'arrive de venir ici pour penser, pour être seul.

Il s'arrêta devant une rangée d'oliviers.

— Anna, je suis très heureux de vous avoir rencontrée. Je considère qu'il s'agit d'un privilège de vous connaître.

Voyant la jeune fille rougir, il reprit :

— Je suis sincère !

— Merci, répondit-elle dans un souffle.

C'était peut-être le moment d'en avoir le cœur net. Saisissant son courage à deux mains, Graziella se lança et demanda d'une voix qui lui sembla creuse :

— Qui est Becky ?

— Becky ? Oh, elle travaille avec moi à la galerie.

— C'est vrai ?

— C'est vrai.

— Et c'est vrai que vous envisagez de l'épouser ?

Il la regarda, désarçonné.

— Qui a dit ça ?

— Elle. Becky.

— Ah oui ? Très intéressant.

225

— C'est la vérité ?

— Non, ce n'est pas la vérité... Oui, c'est certain, nous en avons parlé, mais c'est elle qui a amené le sujet sur le tapis. Le mariage continue à faire rêver les femmes. Même avec toutes les transformations de la société, les femmes persistent à se voir en robe de mariée, en train de jeter des pétales de fleurs à droite et à gauche.

Il mima le geste.

— Ahh ! Ohh ! Ahh ! Toute cette guimauve ! Becky est une rêveuse. Elle est aussi très coincée. Elle croit que parce que je suis italien, j'ai le pouvoir de libérer cette chose coincée en elle. C'est le cliché du beau ténébreux. Malheureusement, ce n'est que ça : un cliché. Donc, pour répondre à votre question, je vous annonce que je n'épouserai personne. Je suis contre le mariage pour une raison importante que je ne veux pas développer maintenant.

Il partit de son rire étrangement sec.

— Ah, elle est drôle, Becky ! J'adore les Américaines, elles savent s'amuser.

« Je sais, eut envie de répliquer Graziella, vous les adorez jusqu'à ce que vous en ayez marre. » Mais elle garda sa réflexion pour elle et demanda :

— Donc, vous n'allez pas vous marier ?

— Non, bien sûr. Ce ne serait pas correct envers elle ni envers moi. Une autre question ?

— Vous voulez dire que vous allez la laisser tomber comme une vieille chaussette ?

— Quelle vilaine expression ! Non, je n'ai aucune raison de la laisser tomber. Pour l'instant, j'apprécie la compagnie de Becky.

Graziella se représenta le visage de l'Américaine.

C'était une fille de... D'où venait-elle, au juste ? De Buffalo ? Du Vermont ? En tout cas, d'un petit Etat rigide du Nord-Est. Elle était venue jusqu'en Italie, où elle avait rencontré un homme d'âge moyen, qui ne pouvait que la changer agréablement des Américains. Un homme qui l'avait sans doute époustouflée par sa culture, son charme, son humour, son regard pénétrant. Un homme capable de parler pendant des heures de vin, de cuisine, d'opéra, de sport, de mathématiques, de politique, d'histoire, de théâtre, d'art et d'artistes. Inévitablement, elle était tombée amoureuse de lui. Mais bientôt, Becky ne le savait pas, ce serait terminé.

Une vieille colère, dont Graziella pensait s'être débarrassée, se leva dans sa poitrine. Paradoxalement, c'était à l'endroit le plus calme de Rome, dans les jardins du Vatican, un lieu consacré à la contemplation et à la sérénité, que cette rage resurgissait.

Plantant là son père, elle se dirigea vers la grille d'un pas vif.

— Anna ? Que se passe-t-il ? s'inquiéta Massi. Quelque chose ne va pas ?

La jeune fille pivota sur elle-même et siffla :

— Quelque chose ne va pas ? Pourquoi ?

Massi scruta son visage quelques instants, puis sourit :

— Vous avez les nerfs à vif, c'est normal, juste avant le vernissage. Si j'étais à votre place, je rentrerais me reposer.

— Je n'ai pas besoin de me reposer.

— Anna...

— Ce n'est pas mon nom.

Zut, elle avait fini par craquer ! Pourquoi n'avait-elle pas tenu sa langue ? Tant pis, il était trop tard, maintenant.

— Ah bon ? Qu'est-ce que vous voulez dire ? s'étonna Massi en s'approchant d'elle.

Il eut un petit rire.

— Attendez... Ne me dites pas que maintenant que vous êtes une artiste à succès, vous voulez changer de nom ! Voyons voir, que pourrions-nous trouver comme nom ?

— Vous savez que ma mère est venue à Rome quand elle avait mon âge ?

Massi parut plus indifférent que surpris.

— Non, vous ne me l'avez jamais dit. Et... Et notre bonne ville lui a plu ?

— Absolument. Oui, elle adorait cette ville. Vous savez quel était son endroit préféré ?

Il la regarda sans comprendre.

— Non, je ne sais pas.

— La piazza Navona.

Il haussa les épaules.

— La piazza Navona est une très belle place. C'est une place appréciée des touristes, ils ont raison d'ailleurs. Mais, Anna, je ne comprends pas. Pourquoi parlons-nous de votre mère ?

— Je vous l'ai dit, ce n'est pas mon nom, répéta la jeune fille d'une voix forte.

— Et quel est donc votre nom ?

Elle ignora sa question.

— Ma mère avait vingt-deux ans quand elle est venue ici. Comme moi, elle voulait être peintre. Mais elle travaillait aussi comme restauratrice d'art...

— Oh !

— ... A l'Istituto Centrale del Restauro.

228

Elle vit Massi se figer au fil de ses paroles.

— Elle est tombée amoureuse, poursuivit Graziella. Parce que Rome est une ville où l'on peut facilement tomber amoureux. Elle n'y a pas échappé. Elle a rencontré un garçon extraordinaire, beau, intéressant. Il étudiait au Giuliocesare à l'époque, mais il fourmillait de projets. Et comme font toutes les femmes, ma mère l'écoutait. Par exemple, il rêvait d'ouvrir un jour sa propre galerie d'art...

— Arrêtez, s'il vous plaît, murmura Massi.

— Et puis aussi, il rêvait de posséder une belle voiture, une Lancia. Et d'épouser la fille qu'il aimait et d'avoir des enfants. Ils n'arrivaient pas à se mettre d'accord sur un prénom de garçon, mais ils avaient déjà choisi le prénom de leur première fille : Graziella. Oh, attendez ! Le garçon avait un autre rêve : il espérait être suffisamment connu un jour pour pouvoir se promener librement dans les jardins du Vatican, parce qu'il pensait que ça lui donnerait peut-être une certaine classe, une importance qu'il n'aurait pas autrement...

— Vous êtes... C'est incroyable...

— Ensuite, quand cette Américaine s'est retrouvée enceinte... Oh, au fait, elle s'appelait Lizzie, mais l'Italien, lui, il l'appelait Li. Quand elle s'est retrouvée enceinte, elle s'est adressée à la seule personne qui pouvait la comprendre. A l'Italien...

— C'est tout ce que je suis pour vous ? l'interrompit Massi. L'Italien ?

— Mais malheureusement, l'Italien, qu'est-ce qu'il lui dit ? Il lui dit que si elle garde l'enfant, il ne la reverra jamais

— Je vous ai dit...

— Et la fin de l'histoire, c'est qu'il ne l'a jamais revue, ni elle ni l'enfant.

— Graziella...

— Ah, une chose encore, j'allais oublier. Il a puisé dans son petit sac de dictons et il en a sorti celui-ci : « *Il mondo e fatto a scale ; c'e chi scende et c'e chi sale.* » C'est exact, papa ? C'est du bon italien, ça, papa ?

— Oui, répondit Massi dans un souffle, c'est du bon italien. Je n'en attendais pas moins de ma fille.

Il prononça quelques mots rapides dans sa langue, des mots que Graziella ne comprit pas. Puis il reprit en anglais :

— Graziella, c'est ton nom, n'est-ce pas ?

— Oui.

— Graziella, viens ici.

Mais elle ne prit pas sa main tendue.

— Pouvez-vous imaginer une enfance sans père ? Pouvez-vous vous mettre à la place de ma mère, qui a élevé son enfant toute seule, sans argent ? Vous savez ce que maman a fini par faire ? Elle a pris n'importe quel boulot, le premier boulot de secrétaire qui s'est présenté. Elle gagnait juste de quoi payer les cours de son enfant à l'école de dessin. Toute la journée à trier des papiers, à mettre des agrafes...

— Je lui ai envoyé des chèques...

— Mais elle n'a pas eu envie de les encaisser, c'est incroyable, non ? Que vouliez-vous qu'elle fasse avec votre fric ? Croyez-le ou non, ce que nous voulions, toutes les deux, ce n'était pas votre argent, c'était vous.

— J'ai essayé de subvenir...

— Nous étions pauvres, Massi. Vous savez ce que c'est que d'être pauvre ?

— Oh oui, je le sais.

— Pas de vacances. Maman a conduit la même bagnole pourrie pendant toute sa vie, et ça a fini par la tuer.

Toute couleur disparut du visage de Massi.

— Comment ça, la tuer ?

Les larmes se mirent à ruisseler sur le visage de Graziella.

— Oui ! hurla-t-elle. Lizzie est morte ! Elle a été tuée dans un accident de voiture il y a six mois ! Ma mère est morte, elle est partie, et vous ne la verrez plus jamais ! Ni moi !

Massi lui tournait le dos. Ses épaules s'étaient affaissées sous le poids de ces révélations. Puis il se retourna brutalement et articula d'une voix ferme :

— Comprends quelque chose...

— Il n'y a rien à comprendre ! Je comprends tout.

— Tu es une très belle fille, dit-il.

— Stop ! cria-t-elle en portant ses mains à ses oreilles.

— Tu nous ressembles à tous les deux. Je nous vois tous les deux dans ton visage.

— Je m'en fiche ! hurla-t-elle d'une voix stridente, incongrue dans le calme de ces jardins. C'est trop tard ! Oui, le monde est fait d'escaliers, et toi, Massi, tu es resté tout en bas ! Tu auras beau faire, tu ne pourras pas monter !

Voilà. Tout était dit. Avant de sortir, elle lui lança une dernière flèche :

— Je suis contente d'avoir eu l'occasion de faire ta connaissance, papa ! Malheureusement, tu es resté exactement le même et tu le resteras toujours. Et, franchement, j'en suis désolée pour toi.

Graziella s'enfuit sans se retourner. Son père, abandonné au milieu des jardins, tenta désespérément de l'arrêter, mais elle resta sourde à ses appels. Elle traversa la place Saint-Pierre et prit un taxi qui la ramena dans le Trastevere. Le chauffeur jeta des regards curieux sur les larmes qui inondaient ses joues, mais il ne dit rien.

De retour à l'appartement, la jeune fille fit ses bagages à la hâte en entassant son matériel de peinture dans une valise et ses vêtements dans une autre. Elle mit son passeport et son portefeuille dans la poche intérieure de sa veste. Du regard, elle fit le tour de la pièce pour vérifier qu'elle n'oubliait rien. Non. C'était comme si elle n'était jamais venue en Italie. Elle appuya alors sur le bouton du répondeur.

Elle avait trois messages, tous d'Andrea. « Il faut que je te voie ce soir, disait-il dans son premier message. C'est très important. » Le deuxième message reprenait le premier, et le troisième disait simplement d'une voix plaintive : « Appelle-moi, s'il te plaît. Je t'aime. »

Graziella ne le rappela pas. Le seul appel qu'elle passa fut pour demander une voiture qui la conduisit à l'aéroport international Leonard de Vinci.

6

Les yeux levés vers le ciel, Graziella se tenait derrière le couple d'Italiens qui contemplait la dernière
nouveauté exposée dans la galerie Holly Ardath. La
toile qu'il étudiait, de cent quatre-vingts par trois
cent trente, était recouverte d'un barbouillage de
bleu et d'orange qui, vu sous un certain angle, évoquait un incendie sur un paquebot. Vu différem-
ment, on pouvait imaginer une sorte de chaos
artistique créé pour rapporter soixante-quinze
mille dollars.

— Désirez-vous un rafraîchissement ? demanda
Graziella en italien.

La femme tourna la tête vers elle et refusa poliment. Forte de son expérience de vendeuse, Graziella interpréta sa réponse comme un signe
indiquant que le couple souhaitait rester seul pendant qu'il prenait sa décision.

Holly avait été heureuse du retour de la jeune
fille, qu'elle avait accueillie avec des démonstrations de joie. Bien entendu, elle eût été ravie de la
voir reprendre du service, mais, hélas, l'équipe de
la galerie était au complet.

— Si seulement tu m'avais prévenue ! J'ai dû
engager deux personnes de plus le mois dernier.

Les affaires marchent très bien, l'économie crève le plafond en ce moment !

A la vue de l'expression désespérée de Graziella, Holly avait réfléchi, désireuse de lui venir en aide. Finalement, elle lui avait proposé un compromis : elle l'engageait, mais à temps partiel. Graziella percevrait des commissions, mais elle n'aurait pas droit à une participation aux bénéfices.

En sortant de cet entretien, un peu découragée, la jeune fille s'était demandé si elle serait de nouveau capable d'affronter la vie à New York. Manhattan lui semblait plus sale, plus bruyant, plus surpeuplé que jamais. Après l'atmosphère si particulière de Rome, la ville lui avait littéralement explosé à la figure. Et pourtant, si là-bas, il lui avait été difficile de faire abstraction des Etats-Unis, compte tenu de leur influence omniprésente, elle avait oublié à quel point le mode de vie américain était agressif.

Elle ne cessait de penser avec nostalgie à Porto Ercole, au silence de la mer, aux collines arrondies, aux ruelles étroites, aux bateaux qui se balançaient doucement sur les eaux calmes du vieux port. Elle pensait aussi à Rome, aux églises, aux clochers, aux pigeons, aux monuments du passé étroitement mêlés aux édifices contemporains. Pour rendre les choses encore plus difficiles, le prix des appartements avait grimpé depuis un mois et demi. De plus, Lucy, son ancienne colocataire, ne vivait plus à New York. Elle avait obtenu un petit rôle dans une série télévisée et s'était installée à Los Angeles pour y tenter une vraie carrière d'actrice. Et il n'y avait plus d'appartement à louer dans son ancien immeuble.

Elle finit par dénicher un petit logis étroit et mal éclairé dans le bas de Manhattan, à mi-chemin entre Little Italy et Chinatown, en colocation avec une femme de trente-cinq ans qui travaillait pour la télévision et qui, par bonheur, restait rarement à la maison.

Pendant quelques semaines, elle passa beaucoup de temps devant ses fenêtres, à se repaître mélancoliquement de la vue imprenable sur les rangées de linge suspendu dehors et les trains qui passaient en grondant sur le Manhattan Bridge. Il fallait reconnaître que la vie à Little Italy n'avait qu'un lointain rapport avec la vie en Italie. Petit à petit, elle finit par s'accoutumer à sa nouvelle existence. Elle se décida même à améliorer un peu son décor. Elle acheta des plantes, des étagères et des posters pour les murs. Elle confectionna des rideaux à partir de tissu trouvé dans la cave, chez sa mère, et s'offrit une machine à expresso. Enfin, elle se sentit chez elle.

Sans s'en apercevoir, elle avait adopté les habitudes alimentaires italiennes. Elle n'achetait plus à l'avance, en grandes quantités, mais faisait le marché à Union Square. Là, elle s'approvisionnait au fur et à mesure en tomates, en basilic, en poivrons, en brocolis ou en poisson frais.

Sa présence à la galerie n'étant requise que deux à trois après-midi par semaine, elle pouvait consacrer plus de temps à sa peinture. Elle ne savait pas au juste dans quel sens son travail avait changé, mais, indéniablement, son style s'était transformé. L'influence de son père avait été déterminante. Car, pour la première fois de sa vie, quelqu'un qui comptait pour elle, même si leurs relations étaient

235

loin d'être conventionnelles, l'avait encouragée. Quelqu'un avait suivi sa progression en la bousculant et en l'aidant à sortir ce qu'elle retenait au fond d'elle-même depuis vingt-deux ans.

Sa transformation ne concernait pas uniquement la maîtrise de son art. Maintenant, elle avait véritablement envie de peindre. Un besoin de s'exprimer par ce moyen la taraudait littéralement. A tout instant du jour, pendant qu'elle accomplissait ses tâches quotidiennes, ses pensées vagabondaient dans la même direction, et elle attendait avec impatience le moment de prendre ses pinceaux. Elle ne se retrouvait vraiment elle-même que lors de ses heures de solitude passées sur une toile. En quelques semaines, elle avait achevé une demi-douzaine de tableaux.

Et pourtant... Sa passion pour la peinture n'avait pas réussi à prendre le dessus sur un manque qui ne lui laissait aucun répit. Elle ne parvenait pas à combler le vide laissé par l'absence d'Andrea.

Elle avait beaucoup réfléchi à son comportement envers lui, pour tenter de comprendre ce qui l'avait poussée à disparaître sans lui faire signe. Elle se persuada qu'elle avait eu raison de ne pas donner suite à ses messages. De toute façon, il ne pouvait rien avoir de très important à lui dire. Peut-être avait-il compris que leur histoire ne les conduisait nulle part. Peut-être voulait-il lui annoncer qu'il ne souhaitait plus la voir. Ce ne pouvait être qu'une chose de ce genre. Bien sûr, s'il avait pris cette décision, elle y était pour beaucoup. Elle n'avait cessé de le tenir à distance. Cependant, elle avait eu raison de se méfier. Les similitudes entre ce garçon et son père se révélaient par trop troublantes. Ils étaient tous les deux italiens, beaux et charmants. Ils étaient tous les deux intelligents et spirituels, et savaient merveilleusement bien parler de sujets très variés. Ils étaient tous les deux très sensibles et incapables de cacher leurs sentiments. Ils étaient tous les deux extrêmement fiers de leur ville et de leur pays. Ils étaient tous les deux amateurs de bonne cuisine et bons cuisiniers eux-mêmes. Et pour finir, ils étaient tous les deux de fervents admirateurs des Américaines.

Andrea avait pourtant réussi là où les autres garçons avaient échoué. Il lui avait fait découvrir l'amour. Il avait éveillé en elle des sentiments d'une violence qui lui faisait perdre la tête. Qui lui faisait peur. Voilà, elle y était : Andrea lui avait fait peur.

Cependant, maintenant qu'elle avait trouvé la raison de son comportement étrange, elle n'en était pas plus avancée pour autant. Car il lui était impossible de chasser ce jeune homme de son esprit, impossible de l'oublier. Son visage lui apparaissait pendant son sommeil, pendant qu'elle peignait, pendant qu'elle rêvassait à la galerie en attendant que les clients se décident. Andrea était l'amour de sa vie. Jamais elle ne l'oublierait.

En même temps, elle s'estimait heureuse de lui avoir échappé, d'avoir échappé à Rome. Lizzie lui avait appris une chose : se protéger. Ne jamais permettre à un homme de la rendre vulnérable.

Petit à petit, Graziella en arriva donc à se convaincre qu'en réalité, en Italie, elle n'avait pas oublié Eric. Elle le rappela donc dès son retour, dans l'espoir inconscient d'apprendre qu'il avait rencontré quelqu'un d'autre. Il l'accueillit un peu fraîchement au téléphone :

— Merci beaucoup de tes nombreux coups de fil.

Mais le récit de ses retrouvailles avec son père, ainsi que ses exploits en peinture l'amadouèrent.

— Tu sais, je pense que tu avais raison, finalement, Eric.

— A quel propos ?

— En me conseillant de prendre contact avec mon père.

Ils décidèrent de se retrouver le soir même, pour le dîner.

— J'ai un paquet de copies à corriger, lui confiat-il, mais toi, tu es plus importante que toutes les copies du monde.

Ils se donnèrent rendez-vous dans un petit restaurant de Chelsea. A sa vue, Eric resta cloué sur place, trop occupé à la dévorer des yeux pour penser à bouger. Elle s'avança vers lui pour le prendre dans ses bras.

— Tu m'as manqué, Eric, prononça-t-elle avec une soudaine sensation de creux dans l'estomac.

— Toi aussi, tu m'as manqué.

Il était très beau et très bronzé.

— Comment va Katie ?

— Elle va bien. Elle te passe le bonjour.

Une légère gêne s'installa aussitôt entre eux. Graziella rompit le silence en murmurant :

— J'ai beaucoup pensé à toi, et je voudrais que tu m'excuses.

— De quoi ?

— De ne pas te l'avoir fait savoir.

Eric préféra ne pas s'étendre sur la question. Changeant de sujet, il attaqua :

— Alors, raconte. Donc, tu as rencontré cet homme ?

Graziella parla pendant deux heures. Son voyage à Rome, son passage à la galerie Massimiliano Caracci, sa rencontre avec Becky, son départ pour Porto Ercole, en omettant néanmoins le rôle joué par Andrea, sa nouvelle identité d'Anna Dineen, le tableau qu'elle avait peint, l'enthousiasme de son père et leur confrontation finale.

Eric l'écouta en silence, puis finit tout de même par exprimer sa rancœur.

— Eh bien ! Quand je pense que je t'ai écrit des tonnes de lettres ! s'exclama-t-il à la fin du récit de la jeune fille.

— Je n'ai jamais rien reçu.

— Evidemment ! Je n'avais pas ton adresse ! Tu peux me dire pourquoi tu ne m'as pas donné signe de vie ?

— J'ai essayé.

— Oui, une fois !

— C'était trop cher. Et... Je ne savais jamais exactement où je serais... Je suis... prête.

— Prête à quoi ?

— Prête. A te voir. A être avec toi.

Ces mots, sortis machinalement, eurent un effet instantané sur Eric qui, l'air réjoui, hocha vigoureusement la tête en signe d'assentiment.

Ils recommencèrent donc à se voir mais, du côté de Graziella, le cœur n'y était pas tout à fait. Pourtant, par commodité, lorsqu'elle ne peignait pas, elle passait presque tout son temps libre chez lui. Lors des jours de visite de Katie, elle s'occupait de la petite fille et l'emmenait en promenade ou au musée, où elle lui fit découvrir les impressionnistes.

Eric. Katie. La peinture. Un petit appartement à Little Italy. La routine. De temps à autre, Graziella

239

essayait d'analyser ce sentiment de manque, de vide, qui la rongeait. Refusant inconsciemment de regarder la vérité en face, elle cherchait à se persuader qu'elle subissait tout simplement le contrecoup de sa rencontre avec son père : elle avait été traumatisée en découvrant que, finalement, il n'était pas différent du personnage qu'elle imaginait depuis toujours. A moins que cette mélancolie diffuse ne vienne de la sensation de vide créée par l'abandon de son rêve. En effet, elle ne pouvait plus rêver maintenant qu'elle connaissait Massi.

Elle tenait aussi une autre solution : transformée par son voyage en Italie, elle se sentait déroutée par le fait de retrouver le même Eric. Il prenait toujours deux œufs au plat retournés le matin et mettait immuablement son pyjama à neuf heures avant de s'installer devant la télé avec une pile de copies et une coupe de crème glacée à la noix de pécan.

Finalement, elle accepta d'ouvrir les yeux : non, sa langueur ne provenait pas des habitudes routinières d'Eric. En vérité, elle ne parvenait pas à oublier Andrea. Elle y pensait jour et nuit. Jamais il ne quittait son esprit. Elle le portait en elle, elle était habitée par lui, partout et toujours ; même en faisant l'amour avec Eric, et même quand, ensuite, elle s'en voulait de cette trahison secrète.

A sa peine de cœur s'ajoutait un souci d'argent. Graziella avait déposé la petite somme retirée de la vente de la maison de Lizzie à la banque. Elle était bien déterminée à ne l'utiliser qu'en cas d'urgence. Mais elle avait de plus en plus de mal à s'en tenir à sa résolution, compte tenu de la modicité des rentrées de son travail à mi-temps. Il devenait urgent de contacter d'autres galeries à Soho. Hélas, on lui faisait partout la même réponse : « Nous n'avons rien pour l'instant. Revenez au printemps, nous aurons peut-être quelque chose à ce moment-là. »

Elle rentrait alors chez elle épuisée et s'écroulait en se demandant si elle pourrait continuer à vivre à New York. Lorsqu'elle en parla à Eric, le visage de ce dernier s'assombrit.

— Pourquoi ne pas nous marier ? lui proposa-t-il.

— Bonne idée ! s'exclama-t-elle, devant ce qu'elle prenait pour une plaisanterie. Quand veux-tu me passer la bague au doigt ? Ce soir ou demain ? Attends, demain, ça ne va pas. Je travaille.

— Quand tu voudras, répondit Eric, visiblement attristé.

Graziella comprit alors que, s'il n'avait pas été tout à fait sérieux, du moins avait-il testé sa réaction. Regrettant sa désinvolture, elle lui prit la main.

— Je serais une épouse repoussante, lui dit-elle doucement. Je serais toujours couverte de peinture, et je sentirais la térébenthine.

Ils ne reparlèrent plus jamais de mariage par la suite.

Par un froid après-midi de janvier, Graziella prit finalement la décision de quitter New York pour retourner dans le Middle West. Dans la soirée, la ville se retrouva aux prises avec un blizzard qui avait temporairement fait fermer les bureaux, supprimer les bus et bloqué les automobilistes sur les autoroutes. La jeune fille avait passé quelques heures à la galerie le matin. A midi, lorsque la neige avait commencé à tomber sérieusement, Holly avait ordonné à tout le monde, y compris aux quatre clients qui contemplaient les tableaux, de regagner son domicile. « Tout le monde dehors, avait-elle dit. Je rentre chez moi pour faire un bonhomme de neige. »

Chez Graziella, l'atmosphère était glaciale. La tuyauterie avait gelé et le chauffage ne fonctionnait pas. Affolée, elle essaya, sans succès, de contacter son propriétaire. Lorsque, au bout de quatre tentatives, elle joignit enfin un plombier, la réceptionniste l'informa que les prix de dépannage doublaient pendant le week-end. La facture s'élèverait à quatre cents dollars. On était samedi, et la jeune fille n'avait pas le choix.

Plus tard, après le départ du plombier, Graziella estima ses dépenses à venir jusqu'à l'été suivant. Certes, elle percevrait des commissions sur ses ventes à la galerie et de plus, son propriétaire lui rembourserait les frais de dépannage, mais il fallait regarder la vérité en face : à moins d'entamer son petit pécule à la banque, elle serait à court d'argent en avril. Affolée par cette découverte, elle mit son manteau et sortit se promener sous la neige pour se calmer. Le son assourdissant d'une sirène, suivi quelques minutes plus tard par le hurlement plaintif d'une ambulance, lui écorcha les oreilles.

New York lui parut tout à coup invivable, insupportable. Quel intérêt avait-elle à vivre ainsi, en proie à l'angoisse du lendemain, dans un environnement de bâtiments affreux, au milieu de gens déshumanisés ? Qu'est-ce qui la retenait ?

Le lendemain, elle annonça à sa colocataire son intention de rentrer dans le Middle West dès la fin du mois. Elle louerait une chambre dans sa ville natale, peut-être un appartement perché au-dessus d'un garage, avec un escalier séparé. A Argyle, la place ne manquait pas. Là-bas, elle pourrait vivre pour moins cher, trouver un travail à mi-temps et peindre. Ensuite, elle déménagerait dans le Milwaukee, peut-être même à Chicago. Elle profiterait du lac. De l'Art Institute. Elle trouverait un appartement, une colocataire et peut-être même un atelier bien éclairé.

Cependant, en dépit de ces beaux rêves, elle se sentait découragée à l'idée de refaire ses paquets et de recommencer une nouvelle vie.

Le plus difficile était d'annoncer la nouvelle à Eric. Pourtant, Graziella pressentait qu'il serait soulagé. Depuis qu'il avait évoqué l'idée du mariage et qu'elle en avait plaisanté, son attitude s'était beaucoup rafraîchie. Le plus grave dans tout cela était que cela ne l'affectait pas vraiment. Alors, n'était-ce pas la meilleure façon de rompre avec lui ? Elle quittait New York, tout simplement.

Elle devait dîner avec lui le vendredi suivant. Ce serait le bon moment pour lui annoncer son départ.

De mauvaise grâce, elle commença à organiser son déménagement, réservant un camion et téléphonant à des agents immobiliers à Argyle pour essayer de trouver un appartement de deux pièces à un prix raisonnable.

Holly prit très mal la chose :

— Tu ne peux pas quitter New York ! s'exclama-t-elle. Ta place est ici ! Moi qui croyais que tu commençais à t'y sentir vraiment chez toi !

Après cette confrontation, elle rentra chez elle à travers les rues glacées. Comme de coutume, son premier souci fut d'arroser ses plantes et de prendre son courrier. Il n'y avait rien ce jour-là, en dehors de quelques factures et de deux magazines.

Elle alluma plusieurs lampes pour combattre l'environnement grisâtre de cet après-midi d'hiver. Elle venait de se préparer du thé vert quand on frappa à la porte. Elle posa sa tasse dans le salon.

Sans doute était-ce Salla, sa colocataire. Celle-ci avait la fâcheuse habitude d'oublier ses clés.

— Oui ! cria Graziella en se dirigeant vers la porte sans se hâter.

Elle colla son œil dans le judas et aperçut le sommet d'un crâne aux cheveux noirs. Son cœur se mit à cogner dans sa poitrine. Elle ouvrit la porte.

Andrea arborait un large sourire. Il était emmitouflé dans une écharpe et une parka bleu marine. A ses pieds se trouvaient deux sacs : un grand noir et un autre, blanc avec des bandes adhésives rouges.

— Tu me reconnais ?

Graziella se jeta dans ses bras et se serra contre lui en enfouissant son visage dans le doux tissu de son manteau.

— Ne pleure pas, dit Andrea. Je croyais que tu serais contente de me voir, je ne pensais pas que ça te rendrait si triste !

— Je ne suis pas triste ! parvint-elle à articuler. Je suis tellement heureuse !

La jeune fille recula d'un pas pour examiner son visiteur.

— Tu as l'air en pleine forme. Mais...

— Attends, laisse-moi deviner. Tu vas me demander ce que je fais ici, à New York. Je me trompe ?

— Non, répondit-elle d'un ton incertain, le cœur battant à se rompre.

Elle se blottit dans ses bras et l'embrassa, avant de l'inviter à entrer.

— Assieds-toi. Tu arrives de l'aéroport ? Mais comment as-tu fait pour avoir mon adresse ?

— Ton père me l'a donnée.

Graziella s'arrêta net.

— Mon père ? répéta-t-elle lentement.

— Oui. Monsieur Caracci. C'est ton père.

Ce n'était pas une question, mais bien une affirmation.

— C'est vrai... Ecoute, Andrea, je ne t'ai rien dit, je suis désolée, mais...

Le jeune homme la regarda d'un air étrange.

— Tu veux bien t'asseoir ? dit-il.

— Et lui, comment a-t-il su où j'habitais ?

— Il a appelé l'amie de ta mère, Sarah.

— Sarah ? répéta Graziella, incrédule.

— Oui, ta marraine. Au début, elle n'a pas voulu lui parler, mais finalement, quand il lui a expliqué la situation, elle a accepté. Elle lui a dit où tu travaillais et où tu habitais. Elle n'a pas voulu lui donner ton numéro de téléphone, juste ton adresse.

Sarah. C'était incroyable.

— Tu veux bien t'asseoir ? répéta Andrea.

La jeune fille finit par remarquer l'expression grave du garçon et s'exécuta. Andrea lui remit le sac de toile.

— Euh... Graziella, j'ai une mauvaise nouvelle pour toi.

— Qu'est-ce que c'est ? demanda-t-elle, soudain anxieuse.

Il eut un geste vers le sac. Un grand rouleau de carton sortait par l'ouverture. Le cœur de Graziella se serra. Que lui avait envoyé Massi ? Avait-elle oublié quelque chose à Rome ?

Le paquet comportait deux parties distinctes. La première était constituée par une enveloppe blanche entourant une enveloppe plus petite, celle-ci portant un en-tête de lettre officiel. Le peu d'italien que Graziella connaissait lui permit de comprendre la signification du mot *avvocato*. La lettre qu'elle ouvrit lentement était rédigée en anglais.

Chère mademoiselle Orman,
J'ai le regret de vous informer que votre père, Massimiliano Caracci, est décédé d'un cancer du poumon le mois dernier, à l'âge de quarante-cinq ans. Selon les termes de ses dernières volontés et de son testament, la peinture ci-jointe vous revient. Je reste à votre disposition pour tout renseignement complémentaire.
Sincèrement vôtre,
Roberto Pisanelli, avocat.

Des larmes jaillirent des yeux de Graziella, des larmes où se mêlaient le chagrin et l'incrédulité. C'était certainement une erreur : Massi, mort d'un cancer ? Hâtivement, elle ouvrit l'autre pli et en sortit une lettre dactylographiée. Elle regarda la signature. Il s'agissait d'une lettre de son père.

Elle la tendit à Andrea.

— Je ne peux pas la lire, dit-elle. Elle est en italien.

— Mais c'est vraiment personnel, je suppose.

— Andrea, il faut que je sache ce qui est écrit.

Le jeune homme prit la lettre :

— Je vais faire mon possible.

Il s'éclaircit la voix et traduisit au fur et à mesure :

Chère Graziella,
Au moment où tu recevras cette lettre, je ne serai plus de ce monde. Mes mauvaises habitudes de vie auront eu, hélas, raison de moi. A Porto Ercole, tu as pu constater que je me suis rendu plusieurs fois à Rome. Je te disais qu'il s'agissait de voyages professionnels, mais je te mentais. En réalité, j'allais consulter mon médecin. Il y a un an, il a découvert ce qui ressemblait à une petite tache sur mon poumon gauche. Je te le dis et je te le répète : je t'en prie, ne fume pas. Je suis triste pour moi, bien sûr, mais je suis encore plus triste pour toi, car, même si tu m'as quitté dans un grand état de colère, tu ne peux pas ne pas être affectée par ma mort. C'est inévitable. Même si tu ne souhaitais pas me voir ou me parler, je suppose que le simple fait de savoir que quelque part dans le monde tu avais un père qui t'aimait devait t'aider moralement.
J'écris cette lettre pour t'expliquer qui je suis. J'ai bien peur d'avoir toujours été ainsi. J'ai toujours éprouvé des difficultés à me lier à une personne. J'ai l'impression, en faisant une telle chose, de perdre ma liberté. C'est pour moi une bataille intérieure : mon amour pour une femme contre mon amour de la solitude. En général, à la fin, mon amour de la solitude finit par l'emporter. J'ai aimé très fort ta mère, et je l'ai blessée très fort. Bien souvent, pour un homme, la réussite prime sur l'amour et la famille. Ce n'est pas une bonne chose, mais les hommes sont ainsi.
Il y a vingt-trois ans, le plus important pour moi, c'était la réussite, la reconnaissance, et non la pers-

247

pective de fonder une famille. J'avais un père exigeant, et je voulais qu'il m'aime et qu'il m'approuve. Il n'était pas souvent présent, il ne m'a donc pas appris mon rôle de père. Tu m'as demandé un jour ce que signifiait pour moi le fait d'être le père d'une fille. Je pense, pour répondre à ta question, qu'être un père revient à la même chose qu'être une mère : cela consiste à nourrir, à soutenir, à encourager, à protéger et à donner confiance à ses enfants de façon à ce qu'ils puissent grandir et être meilleurs que leurs parents.

J'ai acheté cette peinture pour toi au moment où j'ai commencé à bien gagner ma vie, il y a quinze ans. Elle évoque pour moi la fille et le peintre que j'imaginais te voir devenir un jour. Regarde la façon dont l'artiste a su représenter cette superbe enfant : elle est complètement captivée par le livre qu'elle lit. On sait qu'elle va réussir dans la vie, qu'elle va tirer les leçons des erreurs des autres, y compris de celles de ses parents, et qu'elle va devenir ce qu'elle souhaite devenir.

Cette peinture s'appelle Le Livre d'images. *Auguste Renoir l'a peinte en 1898, et, bien qu'en général je n'apprécie pas Renoir, j'aime beaucoup celle-ci. Je te la fais parvenir aux bons soins de ton ami Andrea, dont j'ai découvert qu'il aime vraiment ma fille. Je sais que tu n'as sans doute pas besoin de mon assentiment pour te choisir un compagnon, que ma bénédiction est déplacée, mais si tu accordes un semblant d'importance à mon avis, sache que c'est un homme bon, un homme que je serais heureux de savoir à tes côtés pendant toute ta vie.*

Fais ce que tu veux de cette peinture. Il y a plusieurs mois, une toile similaire de Renoir a été ven-

248

due aux enchères chez Christie's. Son prix a atteint des millions et des millions de dollars. J'espère que ce bien te délivrera des soucis financiers dont tu as souffert tout au long de ta vie. J'ai également transféré I Perazzi à ton nom. Tu en feras ce que tu voudras, mais je reconnais que mon vœu secret est que tu gardes cette propriété. Je conserve le souvenir de cette jeune fille plantant son chevalet sur le gazon et réussissant à peindre ce que son œil voyait enfin si clairement. J'espère que tu reviendras souvent à I Perazzi pour peindre ou faire ce que bon te semblera. La propriété t'appartient.

Nous ne nous sommes pas bien quittés. Nous étions tous les deux trop en colère et trop déçus l'un par l'autre. Je le regrette. Je regrette de ne pas pouvoir changer. Mais la vie, tu t'en apercevras, ne ressemble guère aux contes de fées avec lesquels nous grandissons. Les gens ont des qualités et des défauts. Rien n'est jamais noir ou blanc, le gris prédomine. Plus on vieillit, plus le gris gagne en intensité. Au bout du compte, on devient vieux, et pendant ce temps, quelque part, on enseigne à un enfant que dans la vie, tout est noir et blanc. Et c'est ainsi que la roue continue à tourner.

Tu as tout mon amour, pour toujours, Graziella. Je suis très, très fier de toi.

Ton père qui t'aime.

Les larmes ne cessaient de couler sur les joues de la jeune fille. Elle ne savait pas au juste pourquoi elle pleurait. Ce n'était pas à cause de la toile, elle n'avait même pas encore osé ouvrir le tube de carton. Sans doute était-ce à cause de la lettre écrite par son père, de cette vie de colère et d'incompréhension qu'elle évoquait, et qui venait de s'achever. C'était impossible à imaginer : Massi, son père, était mort.

Et il y avait cette autre chose inimaginable : pendant quinze ans, il avait gardé une toile pour elle. Une toile peinte par le peintre préféré de Lizzie. Et, surtout, une toile qui lui rappelait la petite fille qu'il n'avait jamais connue.

Et puis il lui avait envoyé Andrea.

— Tu m'es revenu, lui dit-elle doucement.

En dépit du caractère triste et solennel de l'instant, celui-ci lui adressa un large sourire.

— C'est normal, Graziella. Je te l'ai dit, je t'aime.

Le jour du départ de la jeune fille, Andrea avait attendu son appel. Ne voyant rien venir, il s'était rendu tout droit à la galerie de Massi, dans l'espoir que ce dernier pourrait lui indiquer où Graziella se trouvait.

Andrea rougit un peu à ce souvenir.

— Ton père m'a tout raconté. A propos de ta mère, à propos du passé. A propos de sa santé. Il savait depuis le début de l'été qu'il allait mourir. Je pense que le fait de t'avoir eue auprès de lui a été une bonne chose. Cela lui a donné l'occasion d'être un père pour sa fille qu'il n'avait jamais vue... Il m'a encouragé à te retrouver. Il m'a dit : « Vous ne pouvez pas laisser une telle chose se reproduire dans une autre génération. C'est trop d'amour perdu. Ne soyez pas aussi borné que moi. Comme j'ai été stupide, avec mon individualisme ! »

— Il n'était pas stupide ! protesta la jeune fille.

— Non. Il n'était pas stupide du tout.

Graziella scruta le visage d'Andrea avant de sortir la toile du tube d'un geste hésitant.

250

La beauté lumineuse du Renoir se révéla dans toute sa splendeur, transfigurant le petit appartement de Little Italy.

— Oh, mon Dieu ! s'exclama Andrea.

Graziella, pour sa part, ne trouva rien à ajouter.

Un instant plus tard, elle formula la résolution qu'elle venait de prendre :

— Jamais je ne vendrai cette peinture.

Non. Jamais elle ne la vendrait. Elle se laisserait plutôt couper en morceaux.

Dans un murmure, elle expliqua :

— C'est mon père qui me l'a donnée.

Impression réalisée sur CAMERON par

BUSSIÈRE CAMEDAN IMPRIMERIES

GROUPE CPI

à Saint-Amand-Montrond (Cher)
en mai 2001

N° d'édition : 6912. — N° d'impression : 012362/1.
Dépôt légal : juin 2001.

Imprimé en France